U0506212

成为 **小王子** 系列

Citadelle

Antoine de Saint-Exupéry

要塞

〔法〕圣埃克苏佩里——著

马振骋——译

人民文学出版社
PEOPLE'S LITERATURE PUBLISHING HOUSE

图书在版编目(CIP)数据

要塞/(法)圣埃克苏佩里著;马振骋译. —北京:
人民文学出版社,2018
(成为小王子系列)
ISBN 978-7-02-014089-3

Ⅰ. ①要… Ⅱ. ①圣… ②马… Ⅲ. ①长篇小说-法
国-现代 Ⅳ. ①I565.45

中国版本图书馆 CIP 数据核字(2018)第 063068 号

责任编辑 朱卫净 张玉贞
封面设计 汪佳诗

出版发行 人民文学出版社
社 址 北京市朝内大街 166 号
邮政编码 100705
网 址 http://www.rw-cn.com

印 刷 上海利丰雅高印刷有限公司
经 销 全国新华书店等

字 数 175 千字
开 本 890 毫米×1240 毫米 1/32
印 张 8.75
版 次 2018 年 6 月北京第 1 版
印 次 2018 年 6 月第 1 次印刷

书 号 978-7-02-014089-3
定 价 55.00 元

如有印装质量问题,请与本社图书销售中心调换。电话:010－65233595

目 录

*《要塞》全书共二百一九章，此次中文译本系译者据伽利玛出版社 1948 年版本，精选其中八十四章译出，本书章节序列号仍遵照原书的序列号标示，以便读者对照查阅。

译序

逆风而飞的一生

一　两次大战间文学

第一次世界大战在 1918 年结束，英、法、德三大帝国，不论胜利和失败，都民穷财尽，元气大伤。曾经不可一世的殖民国家不得不承认帝国统治是暂时和有限的。到 20 世纪 20 年代，欧洲依然回天乏术，未能从战争衰败中完全复元。跨入 30 年代，世界性经济萧条接踵而来，导致法西斯势力抬头，最后造成第二次全球性冲突。混乱、动摇、彷徨、苦闷。

法国文艺界反映了这些现实，产生了"两次大战间文学"。这一时期作家众多，作品丰富，流派纷起，思想庞杂。马丁·杜加尔的长篇巨著《帝波一家》问世，波澜壮阔，再现了大战前夕法国社会思想更迭、工人运动兴起。于勒·罗曼以卷帙浩繁的《善良的人们》，记录了战争震撼欧洲的四分之一世纪。乔治·杜哈曼通过《帕斯基埃家的轶事》，描绘 1890 年到 1930 年的法国社会各阶层。莫里亚克的杰作《蛇结》《福隆特纳克的秘密》《黑天使》，继续探索人的内心世界。贝尔纳诺这位虔诚的基督徒作家，在《乡村教士日记》中进行孤独圣洁的沉思。这类作品大都暴露人的弱点与绝望，怀疑主义、犬儒主义思想浓厚。

新一代作家中还有人在英雄崇拜中追求新的人生价值、新的人道主义原则。其中最有成就的是蒙泰朗、马尔罗，还有圣埃克苏佩里。

二　大写的人与小写的人

圣埃克苏佩里有两个身份，飞行员与作家，这两个生涯在他是相辅相成的。从《南方邮航》（1928）到《小王子》（1943）十六年间，仅出版了六部作品，都以飞机为工具，从宇宙的高度，观察世界，探索人生。这些作品篇幅不多，体裁新颖，主题是：人的伟大在于人的精神，精神的建立在于人的行动。人的不折不挠的意志可以促成自身的奋发有为。

根据他的人生哲学，个人首先应该建立自己的本质。人的品质是以本人与他人的关系而确定的。这样做的同时，是向着人（即我们所说的大写的人）的方向前进，达到理想的自我完成。人的观念不是固定不变的，随着人的上升日臻完善。因而，人的一生是人的成长过程。人生只是一条道路，一个途径，走向人的境界，而人又是在永恒中不断完美的形象。

作家大凡用文字表现自己的思想，极少亲自体验。而圣埃克苏佩里的作品，字字句句可以说是他一生的思想写照与行动实录。他的书房是飞机座舱，座右铭是身体力行，作品是自己的生平。他参加了法国—非洲—南美洲航线的开拓工作；曾生活在撒哈拉敌对的阿拉伯部落中间；作为特派记者访问过内战时期的西班牙、斯大林时代的苏联；深入德国内地观察到纳粹党喧嚣一时的第三帝国；经历过法国1940年大崩溃；获得过十三项航空科技发明的专利权；四十三岁时超龄八年，当上了世界最年老的空军飞行员；最后一次侦察中，飞进地中海空域从此不见影踪。

他的一生壮美惊险，作品也粗犷雄奇。尤其为国捐躯的神秘忠烈结局又给他的身世添上几分传奇色彩，更使他的人与作品具有一种独特的魅力。他的荣名在五六十年代达到高峰。稍后作品遭到少数评论家攻击，在法国文坛掀起一场大论争。原因错综复杂，有社会背景的不同，时代心理的变异，评论家的个人情绪。那些在战争中幸存的知识分子害怕以他的行动来对照自己在国难中的消极表现，有意回避他的事迹，也有意贬低他的人道主义、反种族主义和理想主义思想。必须提到他时，只承认是《小王子》的作者。不管如何，他的艺术与价值是经住了考验，圣埃克苏佩里始终是法兰西民族的骄傲，近代文学史的重要作家，在世界各国拥有广大读者。

他的作品与飞机密不可分，以致一名记者问他："没有飞机您会不会成为作家？"他回答："不是飞机使我写书，我若是个矿工也会钻进地下探个究竟。"飞机只是他使用得比谁都好的一个激发思想的工具。工具人人都是有的。人生存在世界上，都有一个依附的环境，也总有一个应用的工具。主要是思想，有了思想，谁都能在自己的生活环境中程度不同地做到了解自己，了解他人。根据圣埃克苏佩里的说法，每个人的童年都是莫扎特，心中都有一颗种子，予以适当的培养，这颗种子迟早总会成长发芽，做出不同凡响的事。

为了了解圣埃克苏佩里的作品，有必要先了解他的生平。

三　上天以前的岁月

安东尼·德·圣埃克苏佩里生于法国里昂，父母都是外省没落贵族家庭出身。父亲有伯爵头衔，在保险公司任职，母亲懂音乐，爱绘画，艺术修养很高。父亲四十岁时，患脑溢血遽然病逝。此时圣埃克苏佩里仅四岁，有两个姐姐、一个弟弟和一个未出世的妹妹。家庭经济拮据。母亲的姨祖母也是年轻守寡，常邀请他们一家到她的庄园同住。庄园在圣·莫里斯·德·莱芒，位于里昂东北三十公里处，是圣埃克苏佩里童年的天堂。

十四岁时，欧战爆发。母亲参加护理伤兵工作。他和弟弟弗朗索瓦被送到瑞士一所教会中学学习。他聪明好闹，写诗歌，弄机械，做事分心，爱遐想，功课平平。弗朗索瓦两年后死于风湿性心内膜炎，使他十分哀痛。

1917年得到业士文凭，回法国，先后在波舒埃中学、圣路易中学读数学班。两年后投考海军学校，名落孙山。到巴黎美术学院听建筑课，过着穷学生的生活，也不信自己有建筑天赋。1921年，他二十岁，四月份兵役令一下，倒使他摆脱困境，人生中出现转折。

世界航空史初期，法国人大胆发明，勇敢实验，对飞行作出重要贡献，占有光辉的一页。历年报刊不乏这方面轰动一时的新闻。尤其美国飞行先驱维勃·怀特1908年9月在法国芒市表演，地上万头攒动，他在空中神奇地飞行了一小时三十一分。接连几年，飞行试验中屡屡出现新纪录，一直在法国闹得沸沸扬扬。这些事迹在圣埃克苏佩里少年心灵中留下深刻印象。1912年夏天，他经常到附近一个机场，连续几个小时呆望着机械师在飞机上忙碌不停。飞机师弗洛勃列夫斯基-萨尔韦见他痴心，抱起他放进座舱，在空中飞了一圈。他激动得写了一首诗，给教师选登在暑期校刊上。

圣埃克苏佩里入伍后要求加入空军。获准送往斯特拉斯堡附近诺伊多夫空军基地当地勤人员，当时空军飞行员都在海外领地受训。但是他利用休息时间向一名空军教官私下学习飞行技术，获得民航驾驶执照。接着又去法属摩洛哥培训六个月，1922年回国参加后备士官生考试。九个月的军队生活艰苦紧张，为他今后的生涯打下坚实基础。

1923年，与路易丝·德·维尔莫兰订婚。女方家庭要求他放弃危险的飞行职业。他离开空军，当上一家砖厂的职员。终因双方贫富悬殊，志趣迥异，也害怕飞行员不得好死，维尔莫兰在母亲怂恿下不辞而别，婚约解除。他又进入一家汽车公司做推销员。

这时他结识了让·普莱沃斯特。由他荐引出入文艺沙龙，并在他主编的《银船》杂志发表《航空员》一文。这是圣埃克苏佩里年轻时的习作，充满热情，思想与技巧还不成熟，其中重要章节融入他后来的《南方邮航》。

他为汽车公司工作一年多，只推销了一辆卡车，自然不能指望续聘。正当他走投无路，波舒埃中学校长苏杜神父介绍他进入拉泰科艾尔航空公司。公司总部设在图卢兹。圣埃克苏佩里站在卧室窗前，凝视熟悉的街头与行人默默告别时，感到生活的新行程开始了。

四　蓝天与黄沙之间

拉泰科艾尔航空公司在一次大战期间生产战斗机。战后业务改为邮政航空。1927年，经济困难，易主后改名为法国邮政航空公司。飞机时速低，航空图不全，气象资料欠缺，无线电未普遍使用，公司依然制定雄心勃勃的开发计划。招募志愿飞行员，横越浩瀚沙漠、苍茫海水，驾驶升限仅五千二百米的飞机，迂回而过七千米高的崇山峻岭，前后花了十一年，在非洲设立十二个中途站，在南美洲建成二十七个机场，接通了长达一万四千公里的图卢兹—达喀尔—布宜诺斯艾利斯航线，也为法国培育了第一、第二代优秀的民航飞行员。1933年，法国邮政航空公司又遇财政危机，与其他几家航空公司合并，成立今天的法国航空公司。

圣埃克苏佩里进入拉泰科艾尔时，开发部经理叫迪迪埃·多拉。多拉在一次大战初期当陆军。负伤休养期间，结交不少空军飞行员，十分向往航空生活。后来转为空军，进行侦察摄影。第二次马恩战役（1918）中，他发现德军大炮阵地，奉命轰炸栈桥码头。经过四天激烈空战，六十四名法国飞行员仅剩他一个幸存者！一颗机枪子弹穿过他右手三根指头，另一颗擦伤他的脑门，他右手高举在座舱外，减少流血速度，左手驾驶方向盘，勉力飞回基地。他1919年进航空公司，一年后主持开发部工作，制订一套严格、讲究实效的规章制度。那时飞行员在群众眼中，犹如今天的影坛明星，到处引人注目。多拉则把飞行员看作驾驶飞机、负有重大责任的工作者。正式录用前要求他们到车间跟机械师、普通工一起维修装配，对自己的责任有个完整的认识。对于妨碍工作的人，即使至亲好友，也无意聘任。第一流飞行员梅尔莫兹已有六百小时飞行历史，进公司后仍从车间工作做起。第一次试飞考核，难免技痒，在上司面前存心卖弄，不必要地做了一连串盘旋、俯冲、倒飞筋斗等高难度动作。下机后，只听到多拉对他说："我们这里不要杂技演员，您想玩马戏，请到别处看看。"后来按规定重新飞一遍。生活上屡遭挫折，工作上也缺乏经验的圣埃克苏佩里，就是在这位铁腕人物手下慢慢成长，走上了他的光辉历程。

他最初往返于图卢兹—卡萨布兰卡之间，后来又飞至达喀尔，一路遇到的是沙尘暴、风暴、酷阳、岩石和荒漠。非洲北部已建立殖民统治，撒哈拉沙漠西部有三种势力：法国、西班牙和阿拉伯抵抗部落。三方面关系有时相当紧张。飞机迫降在沙碛上，飞行员常有渴死、遭虐杀、被扣作人质的危险。那时飞机发动机性能差，三次飞行中有一次要出故障。

1927 年春天，圣埃克苏佩里至摩洛哥塔尔法亚附近的朱比角，当中途站站长。也就是挨着西班牙要塞盖的一间木屋内，做过路飞机的联络工作。他的任务是与西班牙人、摩尔人建立联系，"在任何时间、沙漠任何地点，救助一切飞行员"。实际上这项工作更需要的是一名外交官。他一无自卫手段，二无人身保障，在沙漠与天空、摩尔人与西班牙人中间，度过了十八个月。遇到阿拉伯抢劫队骚扰，一夜数惊，骑骆驼逃命。凭其诚意、机智和胆略，多次折冲樽俎，转危为安，赢得摩尔人的信任，争取到西班牙人的合作，给十四个处境困危的机组提供有效的帮助。身居荒凉的沙漠，接触猜疑的异族，分享同志的水、面包和"最后"时刻，使他发现和体验到人的情意与交流是人生的根本。也是在朱比角这间简陋的木屋内，两只汽油桶上搁一块木板，写出他的第一部小说。图卢兹机场偶然看到一只运往达喀尔的邮包，上面印着"南方邮航"，这四个字也成了那本书的书名。也在这间木屋里走出了我们今日认识的圣埃克苏佩里。

《南方邮航》描写飞行员贝尼斯徘徊于感情与行动的矛盾心灵，也是影射他与维尔莫兰这段失败的罗曼史。从文学角度看，这是一部功亏一篑的杰作。书名叫人看了不得要领；爱情与历险交织的故事已有成千上百；语言运用虽新奇，但是有时晦涩，超现实主义痕迹不浅。不过背景选在天空，给人开拓了一个新的视野，这在当时是很现代化的，把个人幸福和行动所代表的两个世界的冲突也表现得更为明显。

五　钻进夜空中摸索道路

1929年，圣埃克苏佩里随同梅尔莫兹、吉约梅等民航优秀人物，到南美洲开辟新航线。他负责最后一段航程：里瓦达维亚到彭塔阿雷纳斯。这是在飞沙走石的巴塔戈尼亚境内。这些飞行员又以钢铁意志、大无畏精神弥补了物质条件的不足。像在西班牙和北非上空，合格的商业飞机还未生产，他们开创了商业航空；在这里，适用的夜航仪表制成以前，他们实现了夜航飞行。在原始的中途站没有照明设备，用汽油点燃三团微弱的火光，引导飞机降落。感于这些动人事迹，圣埃克苏佩里问：人的生命是无价的，但是什么使他们在行动时总觉得还有东西比人的生命更可贵？最后他提出：幸福是对责任的承担。

《夜航》写三架班机黑夜中同时从三个方向朝布宜诺斯艾利斯进发，其中一架卷进暴风雨中坠毁的过程。故事在貌若平行分离，实则息息相关的两条线上展开。一个人挣扎在电闪雷鸣的夜空，一个人忐忑在灯火通明的办公室；一动一静，一暗一明，大反差的光与影的画面交替出现，紧凑而有节奏，惊心动魄，无论内容与技巧，都属中篇小说的杰作。描写与歌颂为"飞行器"工作、奋斗、甚至牺牲的勇士，《夜航》不是第一部书，只是读《夜航》时，仿佛驮在天马背上，经历了雪虐风饕的高峰、汹涌澎湃的涡流、瞬息万变的云空，明白这些在夜空中迷失道路的人，在亿万颗星中千方百计找寻那颗只因有了人而温暖的星星时，怀着什么样的苦心与热望。

六　温柔仙子与带刺玫瑰

到了 1930 年，圣埃克苏佩里在法国、非洲、南美洲穿梭飞行，已经五年没有固定的地址，也看不出今后有理由相信会在法国生活。1929 年他结识了一位 B 夫人，这是一个懂得如何去爱圣埃克苏佩里的守护天使，给他带来他需要的空间与联络。B 夫人一头金发，修长身材，有伯爵夫人的头衔。这三点也是圣埃克苏佩里对女性的主要审美观。她绘画，写小说，说一口完美的英语，举止高雅，她在物质上帮助他，在精神上安慰他，知道他决心以死实现自己的诺言时，也温柔地鼓励他。他们两人的关系维持了一生。早期关于圣埃克苏佩里传记中只称 B 夫人，她的真名是内丽·德·沃盖。她本人在 1949 年后用皮埃尔·舍弗里埃的假名写了一部《圣埃克苏佩里》传记和许多纪念文章。

圣埃克苏佩里在 1930 年从阿根廷带回一个未婚妻，实在叫他的家人和朋友吃了一惊。康素罗·桑星小个子，深色头发，乌亮眼睛，还出生在"半开化"的火山国家萨尔瓦多。然而这个象牙色皮肤的南美女子也是个绝色美人。在结婚证书上生于

1902 年，在 1979 年死亡证书上则生于 1907 年。当她在阿根廷被介绍给圣埃克苏佩里时，已做了三年寡妇；前夫是名记者、冒险家高曼·加利略。至于她与圣埃克苏佩里第一次相遇和以后的相爱，康素罗没有两次说得一样。不过有一点倒是不变的，就是认识的当晚，十几个朋友一起坐上圣埃克苏佩里驾驶的飞机，在拉普拉塔河上空七百多米，他们俩悄悄缔结了姻缘。

圣埃克苏佩里那边则没有任何书面或口头的证词说明他是如何追求康素罗的，甚至家信中也没有一点提及。不管怎样，他们在 1931 年 4 月结婚，还举行了两次婚礼，宗教的和世俗的。从那时起康素罗过上了被逼得几乎发疯的等待生活。只要丈夫在空中飞行她就寝食不安，因为每次飞行都孕育巨大的风险。

康素罗性子急，做事极端，像空气那么自由，像风那么变幻不定，可以在几秒钟内决定搬家。身边常围绕一群超现实主义艺术家，放浪形骸。圣埃克苏佩里也有自己的怪癖，落拓不羁，诗意地幻想与生活。他成年累月，只看星星，不知钟点，昼夜颠倒地生活，倒在这个天性复杂的女子身边找到了庇护，因为康素罗还有南美女子传统的一面，也会体贴温存侍候丈夫。

B 夫人与康素罗在圣埃克苏佩里后半生中扮演不同的角色。康素罗有多野，B 夫人就有多雅；康素罗在沙龙中有多别扭，B 夫人就有多自在。据 B 夫人说，"他在康素罗面前是父亲，在我的面前是孩子"。又据作家的家人说，"康素罗使他失去平衡，B夫人使他恢复平衡"。

不管这对巴洛克式的夫妻生活中遇到多少暴风骤雨，彼此造成多少伤害与痛苦，不是圣埃克苏佩里像犯了过错出走的孩子回到康素罗身边要求留下来，就是康素罗在命运的安排下（飞机失事与世界大战）不声不响去找丈夫。

康素罗逝世于1979年。圣埃克苏佩里百周年时，人们从她遗留的箱子里拿出了她写的《玫瑰的回忆》公之于众，结尾部分有这么一段话："啊，我们那些小吵小闹现在看来是多么无聊！""在回顾这些每个婚姻中都会遇到的困难时刻……说实在的，当神父说你们是为了生死与共而结合的，这话很对！"

七 人蚁世界——那粒温暖的灰尘

法国航空公司成立初期，圣埃克苏佩里好不容易在宣传处谋得一个职位，月薪只及南美飞行时七分之一。日子过得非常窘迫，最令他失望的是，在办公室里体会不到机组人员平时"君子交有义，不必常相从"、危急时相濡以沫的亲密情谊。法国航空事业这时开始因循守旧，缺乏进取心，走到了下坡路，在欧洲大陆的优势地位逐步被德国取代。

法西斯力量在意大利、德国日益得势，并向邻国迅速蔓延。圣埃克苏佩里逐渐关心政治、社会问题。《巴黎晚报》鉴于他没有党派色彩，有文名，对航空是内行，派他前往莫斯科参加五一节军事检阅。后来他又作为《巴黎晚报》《不妥协者报》

的特派记者，两度前往内战时期的西班牙，进行战地采访。在这期间，1935年，写出一部电影脚本《安娜·玛丽》，在法国拍成电影。

文坛的盛名没有使他忘记飞行。1936年法国空军部颁发两笔奖金，一笔五十万法郎，给最快飞完巴黎—马达加斯加航程的飞行员；一笔十五万法郎，给打破巴黎—西贡五天四小时飞行记录的飞行员。他出于经济原因，参加第二笔奖金的角逐，因为这条航线他熟悉。准备工作仓促，飞行十五小时后跌落在利比亚沙漠，险遭不测。1938年，仍与机械师普雷沃合作，赴美企图进行纽约—火地岛合恩角的远程飞行，不幸在危地马拉又出严重事故，昏迷中送入医院，差点被截去右手。在纽约长期疗养中写完了《人的大地》。

纪德一直欣赏圣埃克苏佩里，曾为《夜航》写过一篇出色的序言。有一次对他说："您为什么不写点东西，不要是一个完整的故事，而是一种……一束花，一堆锦缎，不受时空的限制，一个个篇章写出飞行员的感受、激情、思想，像英国康拉德写海员的《海的镜子》。"圣埃克苏佩里得到启发，《人的大地》集子做成后交给纪德，纪德阅后惊呼："喔！大大超过我的祝愿、我的期待、我的希望。"

《人的大地》是散文体小说，全书共八章，每章独立成篇，漫谈航线、飞机、星球、绿洲、沙漠，没有连贯的情节，然而形散神不散，有一个主题相通，那是：人及其生活的大地。法国哲学家卢梭在《社会契约论》中开宗明义地说："人生来是自由的，但是处处受到束缚。"圣埃克苏佩里在《人的大地》中要说的是：人生来还不是人，只是孩子。存在是肯定的，但是要成为人，还要靠一步步成长，与自然、与社会、与自己奋斗。地球上不存在现成的生存条件，因而人生不是上帝赐予的一件礼物，而是人面临的一个问题。人的真正价值不是与生俱来的，而是后天获得的。看人不是看他现在是什么，而是看他将来会是什么。衡量人，也即是衡量他的创造性。圣埃克苏佩里的这种人道主义哲学某些方面与战后红极一时的存在主义有相似之处，使得萨特称赞《人的大地》是存在主义小说的滥觞。其实，二者更有不同的一面，萨特说："他人即是地狱。"圣埃克苏佩里则说："人的存在是为了与人联系。""只有用以交换，生命才有意义。"《人的大地》虽则体裁不尽符合小说的标准，但其文笔优美，哲理深刻，感情炽热，在亨利·博尔多的精彩陈述后，还是获得了1939年法兰西学院小说大奖。

八 亡国之痛

1939年9月3日，同盟国和轴心国正式宣战。圣埃克苏佩里是空军后备役军官，立即接到动员令，军衔是上尉。他不愿到政府情报处工作，申请转入战备役。实际他已三十九岁，受过重伤，右肩局部麻木，不可能驾驶歼击机。经他再三要求，编入空军侦察部门第三十三联队第二大队。接受单位有点为难，因为中队长年轻得多，军衔不及他高，又慑于他的名气，怕不好相处。那天，圣埃克苏佩里到机场报到，下车时中队长迎上去自我介绍："洛中尉，中队长。"圣埃克苏佩里语调平静地说："圣埃克苏佩里，飞行员。"这种平易近人的态度立刻赢得空军人士的好感。后来在舍生忘死的战斗生活中，他与大队结下深厚的感情。

经过了一段"奇怪的战争"时期，德国发动闪电战，绕道比利时插进法国，势如破竹，马其诺防线形同虚设，全面崩溃，引起大撤退，后方陷于一片混乱。法国空军侦察人员在德军炮火中伤亡惨重，大队中二十三个机组三星期内损失了十七个。1940 年 5、6 月份，法国陆军节节败退，空军不断变换驻地，费尽千辛万苦，辗转各地，最后撤至阿尔及利亚。圣埃克苏佩里几天几夜目不交睫地连续工作，到了旅馆与朋友没有说上几句话，支持不住睡着了，第二天 6 月 23 日醒来，听到贝当政府签订了屈辱性的停战协定。

圣埃克苏佩里不久也退役，回到失败主义气氛弥漫的法国，彷徨苦闷。这时纽约出版商希区柯克等邀他去美国，《人的大地》在美国获 1939 年全国图书奖。他跟好友莱翁·维尔特商量，国难时期去美国这个世外桃源是不是逃避责任的行为。

莱翁·维尔特是法籍犹太人，比圣埃克苏佩里年长二十四岁，可说是忘年交。中学毕业后，全国会考中得哲学第一名。他是社会叛逆，不满足学院生活，从里昂迁到巴黎。一次大战时志愿入伍，写过《士兵克拉威尔》，是一部可与巴比塞的《火线》、雷马克的《西线无战事》媲美的反战小说。后与罗曼·罗兰一起搞过杂志编辑工作。在谈话中，维尔特鼓励他赴美：当前局势下，任何爱国者在法国境内无事可做。在美国则可向美国人说明反对希特勒的战争，不是国家间的战争，而是国际性战争，这对他的国家贡献更大。圣埃克苏佩里从另一位朋友那里听到同样的论据，犹豫了一段时间，终于下决心收拾行装。

西班牙领事告诉他，因为内战期间他在文章中表现出反佛朗哥感情，西班牙政府可能拒绝给他过境签证。他绕道阿尔及利亚，进入摩洛哥丹吉尔，过海去葡萄牙里斯本，再换船前往纽约。在非洲法国军队内部已逐渐分裂成维希派和戴高乐派。葡萄牙境内气氛截然不同，贵人们满身珠光宝气，在夜总会醉生梦死，进赌场一掷千金——虽然这些以票据纸币代表的财富在欧洲内陆恐怕早在炮火中荡然无存。他后来在《给一个人质的信》(1943)中写道："我有时去看他们玩轮盘赌和巴加拉，不感到气愤，也不想嘲笑，只是有种模糊的忧虑，像进了动物园站在幸存的濒临灭绝动物面前。"他担心在遥远的大西洋彼岸也是一番歌舞升平景象。上船前几天，又听到吉约梅在地中海上空出事。昔日卡萨布兰卡—达喀尔航线上同甘共苦的飞行员都先后离去，只剩他一人还在世上。

九　流亡的《空军飞行员》

1940年最后一天，他抵达纽约港，开始了流亡生活。纽约是法国流亡者的大本营，分成两大派别，一以法国驻美大使为首的维希派，一以"永久法国"组织进行活动的戴高乐派。圣埃克苏佩里目睹法国的崩溃、法军的惨败、百姓的逃亡。认为贝当政府要求停战，也是获得一个喘息机会，圣埃克苏佩里不愿在国外谴责它，重要的是伺机反攻。他不论行动和感情上都是抗战派，但是戴高乐派中一些头面人物在法国危急时抢先逃到美国，现在隔岸空喊抗战，特别对曾作出牺牲、而今在非洲忍辱负重、不知所从的法国军队频频攻击，使他非常厌恶。此外，戴高乐对待法国其他抗战力量的用心与做法也叫他十分怀疑。因而他在美国期间始终游离于两派政治势力之外，又发表了两篇调和性文章：《我们以什么名义相互憎恨？》《给各地法国人的一封公开信》，强调捐弃前嫌，"法国高于一切！"更招致戴高乐派的指责，感到十分痛苦和孤独。

美国出版商邀请他的另一目的，是要他写一部关于这次欧战的书，他一直无意动笔。1941年6月，苏联向德国宣战。圣埃克苏佩里对《巴黎晚报》主编皮埃尔·拉扎莱夫说："这是开始的结束。"苏联在德国进攻下后退，放弃大片土地，他觉得让公众了解法国当初失败的意义是有益的，开始奋笔疾书《空军飞行员》。12月7日星期日，圣埃克苏佩里请拉扎莱夫在家吃中饭，打开收音机听到日军偷袭珍珠港消息，他长时间一动不动，接着眼泪夺眶而出，抓住拉扎莱夫的手臂："这是结束的开始，美国不得不应战。我们要赢了。"

1942年1月，《空军飞行员》在法国和美国同时出版。书中写他在法国本土飞往北部城市阿拉斯的一次侦察任务。文章夹叙夹议，亦庄亦谐，笔锋老练尖刻，字里行间有一种深沉的力量。作者从具体到抽象，从个别到普遍，追溯纳粹兴起、法国沦亡的深远原因。根本问题是西方近代文明无法应付时代的挑战。法国一时失败了，只要敢于牺牲，恢复大写的人先于人的文明传统，他们心中埋藏的胜利种子总有一天会发芽抽枝。巴黎陷落后，西方知识界，尤其美国知识界，都在等待法国作家挺身而出表明自己的看法，但是无论纪德、阿拉贡、艾吕雅、马尔罗、杜加都保持沉默。现在，圣埃克苏佩里第一个公开表示反对纳粹主义，并以亲身经历说明受屈辱的法国人的内心活动与精神面貌。不能以失败判断法国人，要以肯于牺牲判断法国人。美国一家杂志评论说："这本书与丘吉尔的演说，是民主国家迄今为止对希特勒《我的奋斗》作出最好的回答。"具有讽刺意味的是，这本书在美国出版引起强烈反响，大大改变美国人对法国的看法，重新估价它的意志与力量。在法国境内，一名德国宣传官员删去"希特勒是个精神病者"这句话后，同意印二千一百册，出版后却遭到法国合作派记者撰文责难，引起当局注意，立即遭到查禁。在戴高乐派占统治地位的北非也把它视为禁书，不予出版，使圣埃克苏佩里很长时期不能消释心头的郁结。

十　一个小孩向大人说故事

几年来，圣埃克苏佩里喜欢在纸片和菜单上任意涂抹一个

"孤独的小人儿"，有时他戴一顶皇冠坐在云端，有时站在山巅上，有时欣赏蝴蝶在花间飞舞。一天，在纽约一家酒馆，希区柯克对他画的小人儿瞧了又瞧，说："给这小家伙写本书，怎样？"一本儿童读物！当然，《小王子》能够问世，不光是听了这句话。

圣埃克苏佩里属于这一类艺术家，提起自己的童年悠然神往。他认为，童年是盼望奇迹、追求温情、充满梦想的时代，对比之下，大人死气沉沉，权欲心重，虚荣肤浅。大人应该以孩子为榜样。像英国诗人华兹华斯妙语双关地说："小孩是大人的父亲。"

圣埃克苏佩里写《小王子》时，请一位画家画插图，但是送来的画稿都不能使他满意，画中缺乏他要求的拙朴稚气与迷幻梦境。最后决定自己画。《小王子》1943年在美国出版，不像《空军飞行员》引起轰动。评论界和读者对这本书感到意外。一直写飞机的圣埃克苏佩里这次写了一篇童话！但是童话是大人讲给孩子听的故事，而《小王子》是把故事讲给大人听。那几句不无幽默的献词是不是理解这本书的钥匙？况且，全世界烽火连天、血肉横飞，虚无缥缈中的小人儿在找寻什么，谁去理会呢。随着岁月的推移，《小王子》的寓意在严酷的现实中愈来愈明显。茫茫宇宙中，目前知道只有一个星球住着人，也只有一个人类文明，人的感情也全部倾注在这个星球上。在这个孤单、桀骜不驯的地球上，人既坚强而又脆弱，文明既可长存又易毁灭，这要取决于人是否好自为之。这部充满诗情画意的小作品又像预言似的提出，物质丰富弥补不了精神匮乏，人不能忘记精神实体。评论家起初对这本小书是冷漠的，但是读者又一次走在评论前面，几十年后《小王子》在全世界成为大人、小孩、东方人、西方人都爱读的作品。

十一 "喷向天空的水柱，再不见下落。"

这时，斯大林格勒战役已经结束。同盟国在欧非两洲转入反攻阶段。圣埃克苏佩里操心如何为国家的复兴效力。以他的声望与年龄来说，没有人会苛求他驾驶飞机上前线冒险吃苦。但是他不这样想，他要尽人的责任，他认为身体力行的人才有发言的权利。一位来美国购置军火的法国将军出力，帮他重新入伍，随同盟国军队乘船去非洲。他到非洲第一件事，借了一架军用飞机去找驻在阿尔及利亚南方的第三十三联队第二大队。并得到允许留在该队，与美国空军混合编组，晋升为少校。毕竟年龄太大，老伤遍布全身，每次穿层层叠叠的飞行服时像上苦刑，关节格格发响，又加上新型飞机仪表先进复杂，一次着陆时失去控制，飞机滚进了机场附近的葡萄园，幸好人员安全无恙。但是他被调回阿尔及尔。从此与战争告别？永远做个局外人？阿尔及尔城内法军抗战力量内部戴高乐派与基罗派明争暗斗日趋激烈，眼看达到火并程度，圣埃克苏佩里感到窒息。他心情颓丧地过了，"既不参战也无具体工作，既不健康也没病，既不被了解也没被枪毙，既不幸福也不不幸，却是绝望的"的八个月。

他并没放弃回军队的希望。皇天不负苦心人，终于又通过美国朋友的帮助，1944年3月到了意大利那不勒斯附近卡富塔，同盟国地中海空军司令部驻在那里。负责该地区空中作战的美国艾拉·埃克将军，批准他回到迁至撒丁岛的第三十三联队第二大队，进行五次侦察飞行。7月，大队转移到科西嘉岛东北的博尔戈。他的飞行任务已超过三次。

7月31日，他要进行他的第九次侦察任务，目的地是里昂东面空域——里昂，他童年的故乡。那天风和日丽，上午八时四十五分，圣埃克苏佩里跨入座舱，向帮助他上机的两位空军人员挥挥手，起飞了。到了中午，雷达站应该收到返航飞机的踪迹，但是荧屏上没有出现黑点子。在机场上踱来踱去，焦急不安等着他的是加瓦勒上尉。四年前，《空军飞行员》写到的那个时期，就是他对圣埃克苏佩里说："我的上尉，您总不见得妄想战后还活着吧！"十三时，屏幕和天空还是令人心寒的一片空白。直到十四时三十分——油量耗尽的极限时间——还是没盼到圣埃克苏佩里的飞机回来。那天，离巴黎解放的日子不到一个月。十五时三十分，值班官员在一份报告中写下"没有返航的飞行员，被假定为失踪人员"。

从圣埃克苏佩里在巴斯蒂亚机场起飞，六小时后他的飞机机油全部耗尽之间，到底发生了什么，经过五十多年的调查，始终是个不解之谜。甚至他的尸体与飞机残骸也没有找到一点痕迹。在此以前，有人对他开玩笑说："你再也不会死了，因为你已死过几次了。"然而他还是没有闯过死神的罗网。

那个时代的飞行员要冒最疯狂的风险,这也使他们的职业充满魅力,受人敬佩。他们也只有一个愿望,不想在床上咽下最后一口气。死亡在职业的事理之中。但是为法国而战死,这也不是圣埃克苏佩里完成作家职责的先决条件。法国有四百五十名作家在第一次世界大战中死去。至于二战中,1944年10月《出版社周刊》对法国知名作家的活动做过调查。克莱米欧被德国人处决;纪德避难罗马;于勒·罗曼流亡纽约;马丁·杜加隐居尼斯。塞利纳附逆名声扫地。艾吕雅、阿拉贡、萨特都只是参加过一阵抵抗运动或关过集中营。在1944年年初,战前有影响的作家中拿起武器抵抗纳粹的,只有马尔罗、普雷沃斯特和圣埃克苏佩里。而圣埃克苏佩里是死于两战中最有名望的法国作家。这是他自愿选择的那种死。他的死与他的生是一致的,正如有人说蒙田应该死在床上,莫里哀应该死在舞台上,拜伦应该死在希腊战场上,而他——圣埃克苏佩里——应该死在空中。这是死得其所。1992年一度盛传在尼斯附近天使湾海底发现他的飞机残骸。后来证明不是。家族成员明确表示,无论在什么地方找到他的遗骸,都不迁葬,让它留在原地,那是他理想的归宿。

十二 修建不成的《要塞》

《小王子》法文版在纽约出版后两周,圣埃克苏佩里带了一部样书搭上美国战船，前往北非参加抵抗运动。在阿尔及尔，跟他须臾不离的是一只猪皮包。执行最后一次任务前不久，托付给加瓦勒上尉保管。里面就是厚厚九百八十五页录音打字稿，书名已有，叫《要塞》，据他自己说："这部书将在我身后出版，我的其他著作与它相比只是习作而已。"

《要塞》全书共二百一十九章，从1936年开始写，主要部分在美国时期完成，到了北非等待战斗的间歇时期集中精力审阅润饰。遗稿中只有开头与结尾几章基本完成。其余有的是没头没尾的片断，有的是重复冗长的段落。伽利玛出版社聘请三名作家，根据打字稿、录音带、笔记本，校勘审订，起初准备出删节本，后来决定不作任何增删，在1948年出版。这犹如强把一个衣冠还来不及整理的人推到众人面前。立刻引起圣埃克苏佩里的朋友的极端愤怒。

是的，圣埃克苏佩里说过，这部书只会在他死后发表，但是这不是说他死后就可发表。这是一部离定稿还差很远的作品。如今匆匆出版，他的文学经纪人马克西米里安·贝克指出："要是圣埃克苏佩里知道人家把他的作品这样出版了，他会第二次死去。"

圣埃克苏佩里说，他花十年时间写《要塞》，还要花十年时间改《要塞》。写作时间的跨度太大，又加上世事动荡，生活漂泊不定，这些都影响作家的思想演变与人生态度。他对同一主题，写了又改，改了又写，累积起来，可能以为有时间整理修改杀青。只是有一次，他对约瑟夫·凯塞尔透露心事说："我写不完了，这部书本身就不会有结尾。"

此外，明白了圣埃克苏佩里的工作方法，也可以对他的草稿与定稿的差别有个大致的看法。他总是先写下大量素材、叙述和感想，这是他说的作品"脉石"，然后经过一道道提炼，取出其中包含的纯粹矿物。《夜航》初稿四百页，交稿前字斟句酌，只剩下一百八十一页。要达到完美的境地，像《人的大地》中说的："并不在于无物可增，而在于无物可减。"面对《要塞》的原始稿，恐怕除了作者以外谁也无法决定保留什么，删除什么。

那么，内容究竟写的是什么？这不是一部小说，而是随感录、沉思集式的作品。有故事，有自白，有议论。借托沙漠中一位柏柏尔酋长对王子的教育，从中表达了对文明、人生、社会、制度、价值的议论。褒者认为可与尼采的《查拉图斯特拉如是说》、纪德的《人间粮食》并列为三部重要哲学小说，这三部书中都没有时间与空间的模式。贬者认为芜杂冗长，说法充满矛盾，文笔矫揉造作。波伏娃给萨特的信中说："谈到抽象与基本的事，这家伙在胡说八道。"也有人说："天真幼稚，这是个不产石油的阿拉伯乌托邦。"

不论是精心杰作，还是临终梦呓，全书代表了圣埃克苏佩里在战乱中的精神状态。《要塞》中有些章节读来有史诗般的气魄、《圣经》时代的遗风或《一千零一夜》的流韵。圣埃克苏佩里拿书稿给 B 夫人阅读。B 夫人看到一百页，看不下去，感到空气太闷，坚持要到海边散步一下……后来她告诉他："你写你的《要塞》时，口气有点儿像基督。"她察觉到继续写完这部书已是他与生命的唯一维系。

荒漠中的要塞，给人一种浩渺的感觉。我们更易产生孤烟落日的联想。在这块创世纪的时代背景前，人人都有自己的命运，而又都朝着一个集体的结局前进。由于全书使用象征寓意的手法，阅读时必须要明白上帝不一定是上帝，帝国不一定是帝国，战争不一定是战争……一切不一定是一切。各个章节都可独立成篇，然而有时也有内在的联系。读完一段可以合上书体味其中的寓意。

《要塞》因为作者英年早逝没有结尾，就像人生，就像宇宙，看不到底。一部未完成作品的象征。《要塞》书中说："完美是死亡的美德"，"只有死亡是完美的"。圣埃克苏佩里的悲剧，是他想让自己说出小王子未说的话，但是"完美的"死亡无法使他孤心苦诣的作品臻于完美。八十页的《小王子》使他名扬天下，六百页的《要塞》引起议论纷纷。罗伯特·康特斯说："这是圣埃克苏佩里最差的作品，其中也有他最佳的篇章。"从而有人读了欣赏，有人读了迷茫。

马振骋

要 塞[*]

001 怜悯的错用与死亡的完美

因为错用怜悯的事我见得太多了。于是我们治国安民的人，为了把关心只用于值得关心的对象身上，学会了如何探测人心。叫女人家心惊肉跳的外伤，还有垂死的人、死去的人，我拒绝给予这种怜悯。我知道这是为什么。

青年时代，我也曾怜悯过乞丐和他们的溃疡。我给他们延医买药。沙漠骆驼队从一座小岛上驮来了神丹妙药，使肌肤整复如初。我这样做，直至有一天看见他们在挠痒，并在皮肤上洒上脏物，就像给土地施肥，催生绛红色的花朵，我明白了他们把溃疡像珍宝一样看重。他们骄傲地相互展现身上的疥疮，炫耀得到的施舍，因为乞讨得最多的人，生活不亚于有镇寺之宝的大主教。他们同意我的医生诊断，只是希望让他看到下疳的溃烂程度而大吃一惊。他们摇晃残肢，要在世上取得位子。因而把四肢浸在舒爽的净水里接受治疗，就像在宣誓效忠。但是病痛一旦消失，他们发现自己毫不重要，像个废人一样不能养活自己，于是又忙于培养脓疮，再也不去治愈了。全身重新长满疥疮，神气十足，拿起木钵，在骆驼队经过的路上，蓬头垢面，勒索旅客。

有过一个时期，我怜悯死者。以为被我抛弃在荒漠中的那个人，正在绝望的孤独中郁郁而死，未曾想过濒死的人决不会孤独。我见过自私的人或吝啬的人，受到损害时大喊大叫，大限时刻要求把亲友召到身边，然后倨傲公正地分赠他的财产，就像把毫无价值的玩具送给小孩。我见过胆怯的受伤者，同是一个人遇上微不足道的危险大声呼救，真正一旦陷于绝境，惟恐累及他的伙伴而谢绝一切帮助。我们赞扬这种自我牺牲的精神。但是我觉得其中隐约包含着一种轻视。我见过这样的人，暴晒在烈日下与人分享他的水壶，饥荒肆虐时与人分享他的面包。首先他已不再需要，满怀高尚的无知，把这根骨头抛给别人啃嚼。

我见过女人惋惜死亡的战士。这是我们欺骗了她们！你见到这些幸存者归来，神气，讨厌，高声宣扬自己的丰功伟绩，甘冒生命危险带回了其他人的死亡——据他们说，这种死亡惊心动魄，原本也会降临他们头上。年轻时我喜欢把别人的刀伤作为桂冠戴在自己头上。我回来标榜同伴的死亡以及他们可怕的失望。但是死神选中了的那个人，吐血或捂住肠子时顾不得别的，他独自发现了真理：死亡的恐惧是不存在的。在他看来，自己的躯体已像今后再也用不上的器物，完成服务使命后必须抛弃。一个支离破碎、千疮百孔的躯体。这个躯体要是渴了，濒死的人也只是得到一个解渴的机会，最好还是摆脱。这个半陌生的身子，也只是家庭的一件财物，如同拴在木桩上的驴子，任何装扮、喂养、宠幸它的心意都是白费。

那时开始了弥留状态，这不过是意识的摇摆，时而空白一片，时而充满阵阵回忆。回忆好似潮水涨落，带走了随后又带回了所有积蓄的形象，所有往事的贝壳，所有曾经听到过的声音的海螺。它们把心里的海藻冲上岸来，重新漂洗一番，千情万意再一次涌动。但是昼夜平分时，最后一次退潮，心空了，潮水与积蓄又回归上帝。

当然，我见过有的人交锋前惊惶失措，临阵逃避死亡。但是那个临死的人，请别误解，我从未见过他害怕。

那么我为什么要惋惜他们呢？我为什么要浪费时间去哀悼他们完成呢？我太理解死亡的完美了。为了给我十六岁的生活增添乐趣，他们给我送来一名女俘，她被人带来时已准备去死，小鹿似的拼命奔逃后，呼吸短促，用衣服捂着嘴巴咳嗽，已经劳累到还不知道死之将至，既然她喜欢微笑，这也使我感到少有的轻松。但是这丝笑容是河面上的清风，梦的痕迹，天鹅的展翅，日复一日，趋于纯洁，更见珍贵，更难留住，直至天鹅一旦飞去，只剩下这根纯之又纯的简单线条。

父亲的死亡也是如此。他完成了，变成了石头。据人说，刺客看到匕首不但没有刺透他的肉身，反而使他威严肃穆，急得白了头发。元凶主谋躲在王宫内，面对的不是他的受害者，而是巨大的石棺，他落入本人密谋造成的静默陷阱里，黎明时被人发现慑服于一动不动的死者而跪在地上。

父亲就是被乱臣贼子推入了永生，当他咽气时，三天中没有人敢出大气。把他入土后，大家才纷纷议论，肩头感到卸下了重负。他从不强制，但说话有分量，影响深远，在我们看来他那么重要，当我们用绳索把他吱吱嘎嘎放到穴底，不是在埋葬一具尸体，而是在储藏一份财富。把他放下时像在给一座神殿安放第一块石头。我们不是在给他下葬，而是给他封土，最后他就成了这块奠基石。

当我年轻的时候，是他教导我认识死亡，面对死亡，因为他从不低下头回避。父亲身上流的是苍鹰的血。

这是在那个称为"太阳饕餮"的凶年，因为那一年太阳扩大了沙漠。烈日照着沙地上的白骨、枯草、死壁虎的透明表皮、硬似鬃毛的骆驼草。花枝靠阳光成长，阳光却摧残了它的创造物，逼视着满地狼藉的枯花，犹如孩子在被他捣毁的玩具中间。

它侵吞到地下水源，吮吸着不多的几口井水。甚至金黄色的沙地也被它吸空了，变成白茫茫一片，以致被我们称为"镜子"，因为镜子什么也留不住，里面的映像没有分量，没有时间。因为镜子有时像盐湖，会灼伤眼睛。

牵骆驼的人，若跌入了这口回头无门的陷阱迷了路，一下子是不会发觉的，因为一切毫无区别。他们在阳光下像一团影子，鬼魂似的悠悠忽忽。粘在稠糊的阳光里以为在前进，陷在永恒的深渊里以为在生活。在任何力量都无法抗衡其寂静的荒野里，赶着骆驼队前进，朝着一口不存在的水井前进，黄昏带来了凉意，叫他们欢喜，其实此后只是无用的缓刑而已。这些天真的人，或许还埋怨黑夜过得太慢，黑夜不久会像眨眼似的一掠而过。为了鸡零狗碎的不平粗着嗓子对骂，却不知道对他们已经做出判决。

你以为骆驼队在这里会加速前进吗？过了二十个世纪你再回来看吧！

为了教导我理解死亡，父亲拉我骑上他身后的马背，跑到远处，这样我亲身发现了这些融入时间、蜕变为沙子、被镜子吞没的鬼魂。

他对我说："这里从前是一口井。"

这些垂直的烟囱深不可测，只映照出一颗星光，其中有一口井的井底泥土已经结板，被俘的星星也已经熄灭。一颗星的消失，足够把一支骆驼队掀翻在半途，跟遭到埋伏一样确定无疑。

围着这个狭窄的井口，像围着咬断的脐带，人与兽都徒然紧贴在上面，要在地腹中心取出生命之水。最可靠的工人，用绳子放到深渊底，徒然刮刨坚实的地皮。犹如活活钉住的昆虫，遇到死亡惊恐发抖，把翅翼上的茸毛、花粉、金屑洒落四周；骆驼队被一口枯井钉在地上，在绷断的挽具、打开的箱包、洒落一地的钻石和埋入沙土的金条组成的静穆中，开始变为一堆白骨。

当我注视着这一切，父亲说：

"你见过宾客和情人离去后的婚庆宴席。晨光照着他们遗留下的满地狼藉。打碎的酒坛，推倒的桌子，熄灭的炉火，这一切保留着喧闹凝结的混乱痕迹。但是看到这些景象，你学不到爱情是什么。"

他对我说："一个不识字的人把穆罕默德的书捺在手里反复摩挲，呆望着描绘的文字和烫金的彩画，还是不明白其中的本质，本质不是虚饰的实物，而是神灵的智慧。因而蜡烛的本质不是留下残痕的蜡，而是光明。"

可是，由于我在这片犹如古祭台的平沙上，看到上帝用过后的剩菜残羹而吓得发抖，父亲又对我说：

"重要的东西不显示在尘土中。不要在这些尸骨上花费时间了。这里有的只是埋在永恒中，没有了车把式的车辆。"

"那么，"我对他高声叫，"今后谁来教育我呢？"

父亲回答我说：

"骆驼队的本质，当它行进时才会让你发现。忘了语言的无用聒噪，要看：如果悬崖截断骆驼队的道路，它绕过悬崖；如果岩石阻碍它的前进，它避开岩石；如果沙子太细，它选择粗沙的路走，但是它永远朝着同一个方向。如果在货物的重压下盐碱地嘎嘎作响，你看到骆驼队挣扎，拔腿，用脚试探，要找到一块硬地，一切恢复如常，立刻走上原来的方向。如果一头骆驼垮了下来，大家停下，收拾起断了绳子的箱包，放到另一头骆驼背上，拉绳打结，收拾妥当，然后又走上同一条道。有时，那个当向导的死了，大家围住他，把他往沙里一埋。讨论，然后又推举另一人当领路人，又一次朝着同一颗星辰前进。骆驼队必须这样朝着吸引它的方向移动，它是看不见的斜坡上受重力作用的石头。"

有一次一名少妇犯了罪，城里法官判她脱下衣服，让娇嫩的肌肤晒在阳光下，把她拴在沙漠中的一根木桩上。

"我教导你，"父亲对我说，"人向往的是什么。"

他又带了我去。

我们赶路时，她整天暴晒在日光下，太阳吸干了她的热血、口水和腋下的汗，吸干了她眼中的泪光。夜色朦胧，当我们到达禁地的边缘，她求主慈悲的时间已经不多；在岩石上竖着一个赤裸的白身子，比一根需要滋润、但与大地深处无声的水源已经断绝的枝条还要脆弱，她举起双臂，像大火中已经咯咯响的嫩枝，朝着神的怜悯呼叫。

"听她说什么，"父亲对我说，"她发现了事物的本质。"

但是我是个孩子，胆量小：

"可能她痛苦，"我回答他说，"也可能她害怕……"

"她已经超越了痛苦与害怕，"父亲对我说，"那些是厩棚里普通牲畜得的病。她发现的是真理。"

我听到她在诉苦。关在这个没有疆域的黑夜里，她呼唤的是家里的夜灯，安身的房间，关上的门。面对着无情的苍天，她呼唤的是她抱着入睡、意味世界一切的孩子。她在荒漠的高原上，忍受陌生人的经过时，歌唱的是丈夫的脚步，傍晚时踏上门槛，认了出来，心里感到了踏实。她暴露在无垠中无物可以依傍，哀求大家还给她那些生活的支柱：那团要梳理的羊毛，那只要洗涤的盆儿，这一个，而不是别个，要哄着入睡的孩子。她向着家的永恒呼叫，全村都掠过同样的晚间祈祷。

当受刑的女人头斜侧在肩膀上时，父亲抱我坐上马背。我们又在风中疾驰。

"今夜在帐篷里，"父亲对我说，"你会听到流言蜚语和他们对残酷的斥责。但是叛乱的图谋，我不会让他们说出口：我在锻炼人。"

我猜想父亲还是仁慈的。

"我要他们爱井里的活水，"他接着说，"还有绿色庄稼把夏天留下的裂缝弥合后的平整地面。我要他们歌颂四季更替。我要他们像自我完成的果子，在沉默中慢慢成熟。我要他们长时期痛悼死亡，长时期敬重死者，因为遗产一代代缓慢传递，我不愿意他们的蜜汁在途中失落。我要他们像橄榄树的树枝。树枝善于等待。那时他们心中会开始感觉神的大循环，它像一阵风吹来对树进行考验。大循环领着他们从黎明到黑夜，从夏天到冬天，从生长的作物到储藏的庄稼，从青年到老年，然后又从老年到新生婴儿来来回回。

"因为，如果你从时间的停留与阶段的不同看待人，你对人会一无所知，就像对树一样。树不是种子，也不然后是枝干，然后是弯曲的树干，然后是枯木。绝不应该把它分割来看。树，是慢慢伸向天空的力量。就像你，我的孩子。神使你出生，使你长大，让你逐渐有了欲望、遗憾、欢乐、痛苦、愤怒和原谅，然后又使你回归于他。可是你不是这个小学生、这个丈夫、这个孩子、这个老人。你是那个在自我完善的人。如果你懂得发现自己是长在橄榄树上一根匀称的树枝，你会在摆动中体验到永恒。你周围的一切也会是永恒的了。你祖祖辈辈饮用的淙淙泉水是永恒的，爱人向你微笑时眼中流露的光芒是永恒的，黑夜的清凉是永恒的。时间不再是一个磨蚀沙粒的沙漏，而是捆扎麦子的收割者。"

002　要塞，我要把你建造在人的心坎里

这样，从要塞最高的那座塔楼的顶部，我发现要惋惜的不是受苦，不是死在上帝的怀抱里，不是哀悼本身。因为死者得到人们的悼念，要比生者更显而易见，更有力。我明白了人的忧患，我惋惜的是人。

我决定治愈他们。

我可怜这样的人，黑夜中他在祖屋里醒来，以为在上帝的星空可以遮风挡雨，突然前面出现的却是一条征途。

我禁止有人提出问题，深知不存在可能解渴的回答。那个提问题的人，只是在寻找深渊。

我对窃贼的心理有所了解，知道使他们免于贫困也救不了他们，我就谴责促使他们犯罪的焦虑。因为他们以为可把别人的金子据为己有，他们想错了。金子像星星闪闪发光。这种不可名状的爱只是用在一团他们无法掳掠的亮光上。他们偷窃其他人的财物，从浮光走向浮光，就像那个疯子为了捞起井中的月亮，要掏干黑色的井水。他们偷的是无用的尘土，都虚掷在花天酒地的短暂狂欢中。然后他们又蹲在黑夜的窝点，似被人撞见时面色苍白，怕惊动别人而一动不动，心想这里可能放着的东西，有一天让他满载而归。

那个人，我若把他放了，习性不会改变。我的士兵明天搜索树丛，又会在别人的花园里发现他，心头乱跳，以为这一夜又要福星高照了。

当然，我首先对他们表示关怀，承认他们要比铺子里的老好人更有激情。但是我是城邦的建造者。决定把我的要塞在这里奠基。我留住了漂泊的骆驼队。它只是风中的种子，风把雪松的种子像香气那么驱散。而我迎着风把种子埋下，让雪松为神的荣耀而茁壮成长。

应该让爱找到它的目标。我要救这个爱一切存在而又可以满足的人。

因而我为什么把女人束缚在婚约中，下令用石头投掷偷情的妻子。我当然理解她的渴望，她心目中的人是多么重要。当夜晚允许奇迹产生的时候，她倚在露台上，被大海般的地平线四面包围，既受柔情又受孤独的任意摆弄，我洞悉她的心事。

我感到她心潮澎湃，等待着骑士的蓝披风，就像落在沙滩上的鳟鱼，等待着潮汐。她迎着漫漫黑夜发出呼唤。谁出现就满足了她。但是披风徒然接着披风，没有人符合她的心意。海岸为了滋润潮湿，召唤海涛的亲情。海涛绵绵无期地去后复来。后浪前浪摩擦不停。认定谁是和谁不是有什么意义呢？因为谁爱上了爱的临近，也可以不执意去相逢。

我救的只是会变、会自我调节内院的女人，如同雪松围绕它的种子茁壮成长，在原有的极限内尽情发挥。我救的是这样的女人，她首先爱的不是春天，而是包含了对春天的花的依恋；首先爱的不是爱情，而是某一张流露爱情的面孔。

因而为什么对这个黑夜里乱跑的女人，我不是净化她，或是召回她。我在她身边放上炉子、水壶、金黄铜盘，就像一道道边境线，为了渐渐地通过这套组合让她发现一张可以认清、熟悉的面孔，一丝只属于这里的微笑。这对她来说是神的渐渐显身。这时孩子会叫着要喂奶，手指受到要梳理的羊毛的诱惑，炉火也要求扇动。从那时起她心甘情愿，任劳任怨。因为我是那个使香气集中不散的制罐人。我是那个使女人有自己眉目而存在的人，为了以后面对上帝时不是在风中懦弱地叹息，而是具有热忱、温柔、个人悲情……

这样，我长时间沉思平安的意义，平安只来自初生的婴儿、收割的庄稼、打扫整洁的房屋，来自万事完成的永恒。平安来自满满登登的粮仓、沉睡的母羊、折叠整齐的衣服，平安来自完美，平安来自做成后立即献给上帝的礼物。

因为我觉得人跟要塞很相像。人打破围墙要自由自在，他也就只剩下了一堆暴露在星光下的断垣残壁。这时开始无处存身的忧患。他应该把嫩芽萌生的清香、母羊剪毛时的气息看作他的真理。真理像一口井愈掘愈深。目光左顾右盼不会看清上帝的面目。聚精会神、只知道羊毛重量的贤人，要比受黑夜诱惑的轻浮女子，更多地了解上帝。

要塞，我要把你建造在人的心坎里。

因为既有选择种子的时候，也有一旦选定高高兴兴等待庄稼成长的时候；既有为了创造的时候，也有为了创造物的时候。有时候彤云密布雷电交加，天空像决堤似的倾泻，但是有时候四处围堤，把漫溢的水都聚积在里面。有时候南征北战，但是有时候巩固帝国：我是上帝的侍者，我欣赏永生。

我恨变幻不定的一切。我要掐死这样的人，他半夜起身，在风中散播预言，就像中了雷击的树木，咯咯响，断裂，让森林跟它一起燃烧。当神动的时候我害怕。神是不动的，让他坐在永恒中！因为有创世纪的时候，但是也有建立习俗的时候，得到幸福的时候！

和解、培育和修剪是必要的。我缝补地面的裂纹，给人抹去火山的痕迹。我是深渊前的草坪。我是让水果成熟的地窖。我是船，从上帝那里接受作为抵押的一代人，从此岸载向彼岸。就像当初他交给我一样，上帝又从我手里接受他们，可能更为成熟，更为智慧，镂刻银壶的技术更高明，但是本质没有变化。我以我的爱关怀他们。

这是为什么我保护这样的人，他在第七代还重新修改龙骨的线条或盾牌的弧形，以使它们臻于完美。我保护这样的人，他从唱歌的祖辈继承了无名氏的诗歌，又向后代传诵，虽不尽照原本，但也加上了他自己的情韵、哀情和痕迹。我喜爱怀孕或喂奶的女人，我爱配种的牲畜，我爱周而复始的季节。因为我首先是个长住的人。要塞啊，我的家园，我要救你免于陷入沙的阴谋，我要在你四周布满岗哨，对着野蛮人吹响号角！

003 时间不是消耗我们，是完成我们

因为我发现了一个大道理。也就是人居住下来，事物的意义对他们也就随着家的意义而变化。道路、麦田、起伏的山冈根据它们是不是组成家园而对人有所不同。突然这些零星的物质组成一体，上了心就有了分量。那个人住不住在神的天国，他的宇宙就不一样。那些不信神的人嘲笑我们，相信追求可以触摸的财富，其实是错了，这样的财富是不存在的。因为他们若觊觎这群羊，这已经是出于豪情。豪情的欢乐本身是触摸不到的。

就像那些人，以为把我的家园分割才看得清楚。他们说："就是些绵羊、山羊、大麦、房屋和山岭——还有什么别的吗？"他们可怜，占有不了别的什么。他们冷。我发现他们像那个分割尸体的人。他说："生命，我把它暴露在光天化日之下：这只不过是骨头、血、肌肉与内脏的混合物。"而生命是眼睛里的光芒，这在他们的尘土中是看不到的。而我的家园不只是这些绵羊，这些田野，这些房屋，这些山岭，而是统率和联结这一切的东西。这是我的爱的王国。他们若知道这点就会幸福的，因为他们住在我的家。

仪式存在于时间中，犹如房屋存在于空间中。时间的流失在我们看来不应该说是像一把沙子，在磨损我们，在消耗我

们，而是在完成我们。应该说时间是一幢建筑物。这样，我过完一个节日以后又是一个节日，一个庆祝以后又是一个庆祝，葡萄收了一次又是一次，就像我在孩子时代，在父亲的深宫大院里从议事厅走到休息厅，每一个脚步都有一个意义。

我对墙壁的形式和房屋的排列都有我的法律规定。

这是一幢大宫殿，有女眷专用的翼房，有喷泉飒飒的内园，（我下令给房屋建造一个中心，近与远，进与出都能够以它为标记。要不就无所依据。没有立足点的自由在这不是自由。）也有粮仓与厩棚。粮仓与厩棚空关也是常有的事。父亲反对把不同的房屋混同使用。他说："粮仓首先是粮仓，你若不知道待的是什么地方，那就不是住在一个家里。"他还说："用途多少是无关紧要的，人不是一头要催肥的牲口，对于人来说爱比用途更重要。你不可能爱一个没有面目、脚步没有意义的家。"

那里有接待重要使节的大殿，只有骑士扬起沙尘的地平线上风吹旌旗猎猎的日子里，才对着太阳敞开，接待小公侯时是不用那座大殿的。那里有审理案子、陈放尸体的厅堂。那里有不知道什么用途的空房间——也许根本没有用途，除非为了让人了解秘密的意义，人是不能看透万物的。

那些奴隶，扛了东西穿过走廊，从肩上骨碌碌卸下沉重的帷幕。他们走上台阶，推开门，走下其他台阶；根据中央喷泉的距离远与近，他们发出的声音高或低，走近后宫边缘，变得像影子忐忑不安，因为犯错会招来杀身之祸。女人根据她们在宫中的地位，安静、盛气凌人或悄无声息。

......

　　宫殿的这种布局，其道理是在其中培养人。帝国的习俗、法律与语言，从本身寻找不出它们的意义。我很明白，把石块砌在一起，创造的是静默。静默不是在石头中可以发现的。我很明白，有了负担与束缚，使爱情激活。我很明白那个分解尸体、给骨头和内脏称分量的人，什么事都一窍不通。因为骨头与内脏本身毫无用处，书籍中的墨水与纸张也是如此。只有书籍带来的智慧才是一切，而智慧不包含在墨水与纸张中……

004　要塞像时间海洋中浮沉的船只

......

如果说我把我的家造得宽阔，为了给星星一个意义，那样，他们夜里偶然走到门前，抬起头仰望星空，就会赞美上帝那么英明驾驶着这些船只。如果说我把我的家造得坚固，它就可以长期承载生命，那时他们就可以过一个个节日，就像走过一个个房间，知道往哪儿去，通过不同的人生，瞻仰到上帝的面容。

要塞！我建造你就像建造一艘船只。我把你钉上钉子，配置缆绳，然后放入时间海洋中乘风破浪。

人的船，没有它人就会错过永生！

但是我的船承受的风险，我知道。船舱外的黑水总使它颠簸不止。还有其他各种可能的景象。因为拆毁神庙，取其石头建造另一座神庙，这类事时有发生。另一座神庙不见得更真，更假，更正义，更不正义。没有人将会认识灾难，因为静默的品质不是铭刻在石堆上的。

这是为什么我希望他们坚定地撑起船的龙骨。一代接着一代要保护它们，因为我若时时刻刻重建，就无法给神庙绘彩描金。

005　坚定地撑起海的肩膀

这是为什么我希望他们坚定地撑起船的龙骨。这是人的建设。因为船的四周存在盲目、无法描摹、但强有力的自然。谁忘记海的力量，就会疏于防卫。

他们以为有家居住是天经地义的。这还不是显而易见的事实么？当人住在船上，再也看不见海。也可说就是看见海，仅当作船的装饰。人心就是这样想的。对他来说海生来就是航船的。

……

他们待在汪洋大海中的一艘船里。有时我在他们中间默默散步。他们都成了船上的居民，俯在餐桌四周，给孩子喂奶或者数着念珠祈祷。船变成了家。

但是有一天夜里，风浪骤起。当我怀着沉默的爱去看他们，我看到什么都没有变化。他们镂刻他们的指环，纺织他们的羊毛，或者低声说话，不知疲倦地编织人与人的网络，以后他们中间少了一个，就会使大家若有所失。我怀着沉默的爱听着他们说话，不在意他们说话的内容，他们的炉子或生病的故事，知道事物的意义并不存在于物中，而是在行动中。当这个人庄重地微笑，他是在给人送礼……另一人感觉无聊，不知道这是害怕信仰还是缺乏信仰。我这样怀着沉默的爱注视他们。

可是诡谲莫测的海水涌动，重重压向他们，慢而可怕。海浪达到高峰时，一切都像悬着似的没有着落。这时整艘船都在颤抖，仿佛船架已经断开，四分五裂。在这混乱的时刻他们停止祈祷、说话、给孩子喂奶或镌刻银器。但是每次一声霹雳巨响穿透木头船身。船又往下落，沉甸甸的，四处受压。人经过这一番折腾都禁不住呕吐。于是，令人昏眩的油灯摇晃下，他们像在震动的厕棚里挤作一团。

我怕他们焦躁，传下话去：

"你们中间做银器的人给我镌刻一只水壶。给别人做饭的人更用心做饭。身体健康的人照顾病人。祈祷的人更虔诚地祈祷……"

我发现一个脸色苍白的人靠在一根柱子上，透过厚船板的捻缝倾听海的禁歌，我对他说：

"你去底舱给死的羊点个数。它们一吓，会相互轧死……"

他回答我说：

"神在挤压海水。我们都完了。我听到龙骨咯咯作响……既然是骨架，那是不应该露出来的。地球的底座也应该这样，我们把房屋、成行的橄榄树、温柔的绵羊都托付给它了；绵羊在晚上慢慢咀嚼上帝的草。照料橄榄树，喂养绵羊，准备一日三餐，培养家庭的爱，这些都是好事。但是基础动摇那就糟了。做成的一切又得从头做起。现在应该沉默的东西都说话了。如果山岭也呢喃有声，我们该怎么办呢？我就听到过这种呢喃声，永世也忘记不了……"

"什么样的呢喃声？"我问他。

"大王，从前我住的那个村子，建在一座山冈的稳固脊背上，介于天地之间，一个为了长住、也有了年头的村子。井栏上，石头门槛上，山泉斜坡上，美妙的磨纹闪闪发光。但是有一个夜晚，我们的地层深处有什么东西醒了。我们明白脚下的大地又开始活了，搅动了。做成的一切又得从头做起。我们害怕了。我们为自己害怕，更为自己努力的成果害怕，为我们一生交换而来的东西害怕。我是镂刻工，我为我两年来做的那只银壶害怕，为了它我两年来起早摸黑工作。另一个人为了他高高兴兴编织的毛毯发抖。他每天打开毛毯晒在阳光下。他很自豪，用这身老骨头换来了这片一看显得很高的浪涛。另一个人为自己种植的橄榄树害怕。我敢说我们中间没有人害怕死亡，但是都为那些愚蠢的小物件发抖。我们发现通过这些点滴的交换，生命才有了意义。若不损害一草一木，园丁的死则不算什么。但是你若威胁到树，那么对园丁来说等于死了两次。我们中间有一个说故事的老人，他满腹是沙漠中最美的故事。他曾把传说编得更加婉转动听。只有他一人会说，因为他没有后代。当土地开始坍塌时，他为那些可怜的故事发抖，再也没有别人去吟唱了。当土地继续活跃翻滚，一阵赭色大浪潮开始形成与沉降。流动的波涛慢慢旋转，卷走一切，你要人用自己来交换什么？在流动的水上能够建造什么？

"房屋在压力下慢慢旋转，房梁受到难以察觉的扭力，突然像黑色火药桶似的爆炸。或者是墙壁开始抖动，直至突然分崩离析。我们中间有人幸存下来，也失去了自己的意义，除了已经发疯又在歌唱的说故事人。

"你要把我们带往哪儿？这艘船要带了我们的劳动成果沉没了。我感觉外面的时间徒然流逝。我感觉时间在流逝。它不应该这样敏感地流逝，而应该凝聚、成熟、老去。它应该一点点搜集我们的劳作。但是它从此凝聚的、来自我们的东西，会留下去吗？"

006 用生命去交换比生命更长久的东西

我走在我的百姓中间，想到经过世代递嬗而留不下坚固的东西时，交换就不再可能；想到时间又像沙漏那样无益地流失。我想到这个栖身之地不够宽敞，人以生命交换而来的功业也不够长久，我想到那些法老下令建造不可摧毁的尖顶大陵墓，在时间的海洋中愈陷愈深，被时间慢慢分裂瓦解。我想到骆驼队绝迹的大沙漠里，有时冒出一座古庙，半埋在沙里，仿佛被看不见的蓝色风暴折断了桅杆，还在勉强漂流，但是已经劫数难逃。我想到这座神庙没有存在多久，尽管金碧辉煌，珠宝满堂，夺取了那么多的生命，浪费了几代人的血汗；这些流光溢彩的祭器是年迈工匠以一生岁月换来的，这些彩色缤纷的刺绣是白发妇女经年累月熬红了眼睛做成的，直到身子佝偻、咳嗽、受到死亡的摇撼才留下了金枝玉叶穿的这袭拖裾长裙。这片锦缎展现在眼前。今天的人看到会说："这块刺绣多美啊！真是美不胜收……"我发现老妇人经过了春蚕吐丝的变化，也不知道自己竟有这样灵巧。

但是他们留下的东西必须建造大箱子来承受，建造车辆把它们运走。因为我首先尊重的是比人更长久的东西。我也拯救了他们交换的意义。做成大圣体龛，置放他们托付的一切。

这样我在沙漠中又看到了这些缓慢行驶的船只。还在继续它们的旅程。我明白了这个主要的道理：首先要建造船只，给骆驼队配备鞍子，兴建比人更长久的神庙。此后他们就会在欢乐中用生命进行交换，去换取更宝贵的东西。这样诞生了画家、雕塑家、镌刻家和金银雕镂家。对于只为自己一生而不为永恒工作的人不要有任何指望。我就是教会了他们建筑和建筑法则也是徒劳一场。他们盖了房子若只为了自己住，何必用生命去换取呢？因为房子为他们一生服务，再也没有其他目的。他们说房子有用，只是把房子看成一件实用的工具。房子为他们服务，他们关心它是为了发财致富。但是他们死后一无所有，因为在石船里留不下自己的绣花布帛和镏金祭器。人家要求他们做的是交换，他们却要求他人的服务。当他们走了，不会留下任何东西。

黄昏里一切松懈下来，我在百姓中间散步，看着他们衣衫褴褛，站在陋屋门前，放下了蜜蜂般的忙碌工作。我更为关心的不是他们，而是他们整天合作制成的蜜糕是否完美。其中一个人不但眼睛已瞎，还失去了一条腿。那么老，那么死气沉沉，每次移动身子哼哼唧唧像一件老家具，因为年事太高口齿不清答话缓慢。但是说到他交换的东西，会逐渐思路清晰条理分明，还用颤抖的双手不断地把工作做到精益求精。他已巧妙地不受老骨头的牵累变得日益快乐，不可摧残，更加不易凋敝。死时不知道双手满握住的是星星……

这样，他们工作一生是为了创造自己也用不上的财富，交换来不会褪色的刺绣……只有一部分实用的工作，其他部分工作用于雕镂，讲究金属的无用的质量、图案的精美、线条的柔和，这些都没有实际价值，除了去换回比肉身保持更加长久的东西。

晚间我这样散步在百姓中间，对他们怀着沉默的爱。我只是对满脑子空想的那些人表示担心，爱诗而又不写自己的诗的诗人，钟情而又不知道选择因而没有结果的女人，个个满心焦虑，我知道我若培养他们牺牲、选择与忘情宇宙的禀赋，我就会治愈这种焦虑。要爱上这朵花，也即是首先拒绝其他的花。唯有在这个条件下，这朵花才是最美丽的。交换之物也是如此。无理的人责怪老妇人做这块刺绣，借口说她可以绣其他东西，这是他宁可要无为来代替创造。

我在漫长的散步中，明白了我的帝国的文明，质量不存在于饮食的质量中，而在于对人要求的质量与从事工作的热忱中。质量不是占有，而是禀赋。我说的工匠，首先是文明人，他在他的作品中重生，作品不朽，也就不用害怕死亡。那个为帝国奋斗和交换的人也是文明人。而那个人从不创造，全身锦缎绮罗，都是从商人那里买来的奢侈品，即使一眼看来无可挑剔，也算不上文明人。我认识这些退化的种族，他们不再写自己的诗，而只是读别人的诗，他们不再种自己的地，而是依靠奴隶的劳动。南方的沙漠贫困艰苦，然而有创造性，永远培养出生气勃勃的部落，他们会北上掠夺对另一些人已死亡的财富。我不喜欢心灵上静止不动的人。这些人不交换什么，也什么都不是。生命也无能为力培育他们成熟。时间对他们来说，就像一把沙子那么流失，也把他们淹没。

007　在沙漠中扎下三角营地

我发现了另一个真理。定居的人以为可以太太平平住在自己的家里，这是空想，因为任何人的家都受到威胁。你建在山上的神庙，受北风的袭击慢慢腐蚀，只剩下像旧船的艉柱，已开始沉没。那一座被沙包围，渐渐占领。不久在它的基础上你将看到一片沙海。一切建筑都是如此，我的不可分割的，由绵羊、山羊、房屋与山岭组成的帝国也是如此；这一切首先出于我的爱的行动；但是代表这个面貌的国王如果死去，帝国又会溃散成零星的绵羊、山羊、房屋与山岭。

这样，我采取了行动。那些远征中的辉煌之夜，我怎么歌颂也不为太过。我在无人涉足的黄沙上扎下三角营地，走上一座山冈等待黑夜来临，审视着那个稍大于村庄广场的黑点——那里驻扎着我的战士，还有我留下的坐骑和武器，我首先思考他们的脆弱性。事实上还有什么更可怜的呢，这一小批人，蓝色大氅里是半裸的身子，在璀璨的星空下受夜寒的威胁，受口渴的威胁，因为他们羊皮囊里的水要维持到第九天才遇到井；受沙暴的威胁，风一起像暴乱一样锐不可当；最后还受挨打的威胁，会把人的身体打成像熟透的水果。人成了只待抛弃的废人。这一个个裹着蓝衣的身体，在钢铁的武器前僵硬倒下，立刻就被剥光衣服，横在广垠的沙地上无人理会，还有什么比这更可怜的呢？

　　但是面对这种脆弱性我又能怎样？我把他们捏在一起，不让他们分散与消亡。我在黑夜中布置我的三角营地，这就跟沙漠有了区别。我的营地像握紧的拳头。我看到雪松就是这样在岩石中成长，保护自己根深叶茂不被毁灭。雪松再也得不到安宁，日以继夜层层叠叠争斗，吸收敌对天地中的毁灭因素来营养自己。雪松无时无刻不在坚实。我也无时无刻不在安家，务使家存在下去。这原是一批乌合之众，稍有风吹草动，便会四处奔散，我就建立这块尖形基石，像塔楼那么矗立，像艒柱那么持久。防止营地在忘情中沉睡和溃散，在四周安排了岗哨，打听沙漠中的动静。犹如雪松从岩石中吸收营养并使岩石成为雪松，我的营地也利用来自外界的威胁壮大。悄无声息的使者带着黑夜的消息是会得到祝福的。他们神不知鬼不觉突然出现在篝火边，蹲下身说到在北方那些人逐渐逼近，或者在南方有部落正在追逐他们被偷的骆驼，或者外面发生谋杀传来的谣言，尤其在面纱后面一声不出的人思考这一个夜晚的密谋计划。你倾听这些使者带来寂静沙漠的故事！还有那些人也会得到祝福，他们突然出现在我们的篝火边，带来了凶讯，篝火立刻埋入沙里，大家拿了枪伏在地上，给营地戴上一顶火焰王冠。

　　因为一入黑夜，就奇事不断！

　　每晚，我把我的军队看作陷在大洋里、但永不沉没的一艘船只，知道白日来临个个毫发无损、精神抖擞，像公鸡在黎明时充满生气。备马时，听到人声响起，在晨光中像铜钹一样清亮。这时大家仿佛饮了晨曦的美酒，胸中鼓满新鲜空气，享受大地粗犷的喜悦。

我带着他们去征服绿洲。谁不理解人，不妨到绿洲中去寻找绿洲的宗教。但是绿洲中的人却不知道自己的家。必须千辛万苦在沙漠中追风逐日，才会真正发现。因而我教导他们这样的爱。

我对他们说："你们在那里找到芳草、泉水的歌声、披彩色长面纱的女人，她们会像一群敏捷的小鹿惊慌四逃，但是很容易捕获，干吧，她们生来是猎物……"

我对他们说："她们恨你们，会用牙齿和指甲推开你们。但是你们用拳头紧紧抓住她们的蓝色发环就能制服她们！"

我对他们说："你们只要软硬兼施按住她们不动，她们就会闭上眼睛不看你，但是你们的沉默像老鹰的影子压着她们。最后她们会对着你们睁开眼睛，你们会使她们热泪盈眶。

"你们会是她们的天地，她们怎么会忘记你们呢？"

最后为了他们对这个天堂心驰神往，我对他们说："在那里你们还能看到棕榈林和彩色斑斓的飞禽……绿洲会向着你们过来，因为你们心中怀着绿洲的宗教，被你们驱逐的人是不配的。他们的女人蹲在溪流里圆而白的小石子上洗衣服，以为是在完成一桩家家都如此的苦活，其实是在庆祝一个节日。但是你们，历尽沙漠艰辛，被烈阳晒干，满身是滚烫盐碱地的碱腥味，你们娶了她们，双手叉腰，看着她们在清水中洗衣服，你们就可体会胜利。

"你们今天能够在沙漠中像雪松那样生存，全亏周围有敌人锤炼你们。你们征服了绿洲，如果不把绿洲看作一个安乐窝，待在里面忘乎所以，而是对沙漠的一个长久的胜利，就会在绿洲中生存下去。

"那些被你们征服的人，因为闭塞自私，对现状心满意足。他们看到四周层层包围的沙漠，把它看作点缀绿洲的王冠，对于千方百计要赶走他们的骚扰者一笑置之，甚至在喷泉王国的家门前只派几名睡大觉的哨兵。

"他们以为占有财物就是幸福，抱着这种幻想沉湎于享乐。而幸福只是行动的热情与创造的满足。那些人再不用自己去交换什么，掠夺别人的粮食，而且还要精致讲究，即使有修养的人也只听人家的诗歌而不写自己的诗歌，享受绿洲而不建设绿洲，糟蹋别人提供的圣歌，那些人把自个儿缚在马厩的马槽旁，甘当牲畜的角色，供人奴役。"

我对他们说："绿洲一旦攻了下来，本质的东西对你们依然没有改变。这只是沙漠中另一种形式的营地。因为我的帝国危机四伏。它的财富只是山羊、绵羊、房屋和山岭的普通结合，但是如果联结它们的绳索断了，它们只是一堆零星的物件，听任别人盗窃。"

008　沦为洗衣妇的公主依然雍容华贵

……

但是，我也感到父亲的善良。他说："担任过要职、得到过荣誉的人，不能受辱。统治过的人不能废黜，你不能把施舍的人转变为乞丐，因为你这样做，损害的犹如你的船只的骨架与形式。"因而我根据罪人的等级来实施惩罚。那些我原来认为应该晋爵的人若渎职，我杀他们但不让他们沦为奴隶。有一天我遇见一位公主，当上了洗衣妇。她的同伴嘲笑她："洗衣妇，你的王室威风到哪里去了？以前你可以叫人头落地，现在我们可以肆无忌惮地臭骂你……这真是报应！"因为对她们来说报应就是补偿。

洗衣妇不出一声，可能为自己，但更为大于自己的什么感到委屈。公主身材发僵，脸色发青俯在洗衣池上。她的同伴肆无忌惮地用肘臂捅她。她身上没有什么值得冷嘲热讽的，因为她面貌姣美，举止文雅，不声不响，我明白她的同伴嘲笑的不是那个女人，而是她的落难。因为那个令你嫉妒的人，一旦落入你的掌握，你会把他吞了。我于是把她叫到跟前：

"你曾是一国之尊，除此以外我对你一无所知，从今天开始，你对洗衣池的同伴有生杀大权。我再让你当权。去吧。"

当她又居高位管辖这些庸人俗流时，她正派地不记前仇。

洗衣池的那些女人，既然再也不能以她的落难来饶舌，那么就以她的高贵来奉承，讨好她。她们组织隆重的盛大节日来欢庆她重登王位，在她经过时屈膝下跪，还以自己曾用指头碰过她而得意非凡。

父亲对我说："这是为什么我不让王子受老百姓凌辱或者被狱卒粗暴对待的原因。但是我会在号角声响的竞技场下令砍下他们的脑袋。"

父亲说："下贱的人是自身下贱。"

父亲又说："一名首领决不应由他的下属审判。"

009　创造中也包括跳错的舞步

父亲对我这样说：

"你要他们成为兄弟，敦促他们建塔时同心协力。你要他们相互憎恨，把谷子抛向他们。"

他还对我说：

"让他们首先把自己的劳动果实给我送来。让他们把庄稼源源不断倒入我的仓库。让他们把粮仓盖在我的地方。我要他们噼噼啪啪打麦，打得金光四溅时宣扬的是我的荣耀。这样打粮食的劳动就变成了圣歌。他们弯腰背着沉重的袋子走向麦垛，或者全身白面往回背的时候，就不是一桩苦役。袋子的重量像一首祈祷歌使他们崇高。他们快活欢笑，捧在手里的一束麦穗像一座枝形烛台，杆子挺拔，鲜艳夺目。因为一种文明是建立在对人的要求上，不是对人的供给上。当然这个小麦他们会回来取走，喂养自己，但是对人来说这不是事物重要的一面。滋养他们心灵的不是他们从麦子那里取走的东西，而是他们给麦子带来的东西。

"因为再说一次，朗诵他人的诗句，吃他人的麦子，雇用建筑师来给自己建造城市，那是要不得的。这样的人我称之为定居部族。在他们周围我看不到打麦子时纷纷扬扬像光晕似的金色麦粒。

"不错，我奉献的时候我也收受，这首先为了能够继续奉献。我祝福这种有来有往的交换，这让人继续前进，愈走愈远。如果说收受可使肉体重生，只有奉献才使心灵丰富。

"我看到舞姬在编她们的舞蹈。舞蹈一旦创造和跳完，没有人可以把劳动果实带走藏起来。舞蹈像一蓬火烧了又灭。可是我要说编舞的人是文明人，尽管舞蹈中没有庄稼和粮仓。我还要说只会把他人的创造放在自己货架子上的人是不开化的人，即使这些东西精美绝伦，使他们对其完美表现出陶醉。"

父亲又说："人，首先是创造者。相互合作的人才是兄弟，呕心沥血去创造和积累的人才是活着。"

一天，有人对他提出异议：

"你说的创造是什么？要是说与众不同的杰作，那是没有多少人能够做到的，你提到的只是极少数人，那么其他人怎么办呢？"

父亲回答说：

"创造，也可以指舞蹈中跳错的那一步，石头上凿坏的那一凿子。动作的成功与否不是主要的。这种努力在你看来徒劳无益，这是由于你的鼻子凑得太近的缘故，你不妨往后退一步。站在远处看这个城区的活动，看到的是意气风发的劳动热忱。你再也不会注意有缺陷的动作。因为这些人俯身干活，总是在建造自己的宫殿、水池或空中大花园。必须通过他们双手的魔力，这些工程才会诞生。但是我要对你说的是，创造这些工程的人既有能工巧匠，也有手脚笨拙的人。因为你不能把人分割，如果你只保留大雕塑家，最后也会失去大雕塑家。谁会疯疯癫癫地去选择那么难以维持生计的职业？大雕塑家是从一大群小雕塑家中脱颖而出的。他们给他当阶梯，让他攀升。美的舞蹈来自对舞蹈的热忱。舞蹈的热忱要求大家都来跳，即使跳得不好的人也跳，否则就没有热忱，有的只是僵化的经验和毫无激情的表演。

"不要对错误说三道四，像历史学家在评判一个过去的时代。当雪松还是一颗种子、一株幼苗或一根长歪的枝条时谁去责怪它呢？让它成长吧，从错误到错误，长出了茂密的雪松林，遇上大风天气，百鸟像烟云似的飞起。"

父亲总结说：

"这话我对你说过。一个人的错误，另一人的成功，不要担心这样的区别，只有通过这人和那人的广泛合作才会结出果实。失败的行动是为成功的行动服务的，成功的行动向失败的行动指出的是它们共同追求的目标。一个人在寻找上帝，也是为人人在寻找上帝。因为我的王国犹如一座神庙，我邀集的是大家。我召集大家来建造我的王国。因而这也是他们的神庙。神庙的诞生也使他们做成了一生中最有意义的事，他们创造了金殿。参加创造的还有寻找金殿而没有成功的人。因为这座新的金殿首先有了这份热忱才诞生的。"

此外他还说：

"你创造不了一切都是完美的王国。因为情趣高尚是博物馆保管员的美德。但是你轻视低庸情趣，你就不会有画，也不会有舞蹈、王宫和花园。你若害怕大地上出现不良的作品，你就会无精打采。因为空洞的完美会使你得不到任何一物。你要创造一个一片热忱的王国。"

010 树——星星与我们的交流之路

我的军队厌倦了长年背着沉重的盔甲。我的军官们走来见我：

"我们什么时候回家？被征服的绿洲女人不及我们自己的女人有风情。"

有一个人对我说：

"大王，我想念那个跟我过过日子、拌过嘴的女人，我要回家好好种地。大王，有一个真理我没法更深理解。让我回去在村子的静默中成长。我感到有必要对自己的生活进行思考。"

我明白他们需要静默。因为只有在静默中，每个人的真理才能形成，才能生根。因为时间的重要性首先表现在喂奶中。母爱始于喂奶。谁见过孩子是一下子长大的？没有人。说"你长得多快！"的都是外人，母亲和父亲都没有看到他长大。他是在时间中变的。每时每刻就是他每时每刻的样子。

如今我的人需要时间，即使只是为了理解一棵树。每天在门槛前坐下，面对有同样树枝的同一棵树。树只是徐徐形成在那里。

因为，有一个晚上，这名诗人在沙漠的篝火前简要地叙述他的那棵树。我的人听着他说，其中许多人从前只看到过骆驼草、小棕榈树和荆棘。他对他们说："树是怎么样的，你们不知道吧。我见过一棵树，偶然在一幢被遗弃的房子的一个没有窗户的隐蔽处长了出来，那棵树是出来寻找光明的。人必须生活在空气中，鱼必须生活在水中，树也必须生活在阳光中。树根伸入土内，枝叶插入星辰，它是星星与我们的交流之路。树生来没有眼睛，在黑夜里伸展强壮的骨骼，在墙壁之间摸索、磕碰。它的盘根错节反映出历程艰难。然后它朝着太阳打开一扇天窗，桅杆似的那样矗立，我则像历史学家回顾了它的胜利过程。

"根须齐心集力促使躯干挺直，树枝则明显不同，它在宁静中开花，绿叶像桌面那样铺开，受阳光的眷注，承天露的滋润，是神抚育的宠儿。

"我看它每日黎明从树底到树梢醒过来。因为它身上栖满了鸟儿，晨光初现就开始生活和歌唱；然后太阳一出，就把它的客人放入天空，像一个和善的牧羊老人，我的树像房子，像城堡，直到晚上都是空的……"

他这样说时，我们知道树需要长时间注视才会在我们心里长成。每个人都嫉妒那个内心怀有这批叶子和鸟的人。

他们问我："什么时候，到底什么时候结束战争？我们也愿意明白一些事。这是我们成长的时候了……"

他们中间若有一人捕获了一头小沙狐，能够亲手喂养，他就养着它，有时羚羊要是不想死的话就养几头羚羊。沙狐的毛丝光发亮，性情顽皮，尤其急着要喂，战士忙于照料也对它一天比一天珍爱。这个人抱着幻想生活，以为对它倾注了爱心饲养、训练，会把自己一份东西留在小动物身上。

然后有一天，沙狐受到爱的召唤，逃进了沙漠，一下子使那个人心灰意冷。我还见过一个人，中了埋伏后有气无力地抵抗一阵后死去。当他的死讯传到我们耳边时，我记起了沙狐逃跑后他说过一句神秘的话，当时他的同伴知道他郁郁寡欢，提议他另外捕捉一只，他回答说："捕捉不难，难的是爱，太需要耐心了。"

这时，当他们知道交换无望，也就对沙狐和羚羊厌了，因为一头沙狐因爱而逃跑，绝不会使他们向往沙漠。

另一人对我说："我有几个儿子，他们长大了，我不能教育他们了。我也没有什么传给他们。我死后往哪里去呢？"

而我对他们怀着沉默的爱，看着我的军队开始融化在沙漠里，就像暴风雨后的河流，黏土留不住，沿着河道变不成树木，变不成草，变不成人的粮食，都白白死去。

我的军队为了帝国的利益曾经希望变成绿洲，使我在远方又多添上几幢行宫，为了在谈到它时可以说："这些棕榈树，这些新的棕榈林，这些雕刻象牙的村庄，使他们对南方多么向往……"

但是我们战斗并不会得到什么，每个人都想回到家乡。帝国的形象在他们心中损毁，就像一张不会去看的面孔，消失在世界的凌乱中。

他们说："多了或者少了这个谁都不认识的绿洲，对我们又能怎么样呢？它又能使我们增加什么呢？当我们回到家乡，生活在村子里，它又在哪儿使我们更富有呢？能够受惠的只能是住在那里的人、采摘树上枣子的人、在河水里洗衣服的人……"

011　关在营房里的三千名柏柏尔难民

　　他们错了，但我又能怎么样呢？当信仰消失时，上帝死了，再也没有用了。当他们的热忱衰退时，帝国崩溃，因为帝国是在他们的热忱下建立的。这本身不是在自欺欺人。我若把这片橄榄树林，这间栖身的小屋称为家园，凝视着这些就会感到爱，把它们汇聚在心中；他若把这些橄榄树看作普通的橄榄树，中间有一个遗落的小屋，除了遮风挡雨以外没有其他意义，谁还会保护家园不被出售和拆散呢？因为出售对小屋和橄榄树不会改变什么！

　　请看家园的主人，他踩着朝露沿路走去，空身一人，并无财物在身，既然眼前财物对他毫无用处，他就像个一无所有的人；若是天下过雨，他在泥地里步履艰难，也像个劳工在走路，用棍子拨开沾水的荆棘，像个浪迹天涯的旅人。从幽径中出来，对自己的家园也不用看一眼，然而明白他是这块地的王子。

　　你若遇见他，他若对你看，他就是他，不是另一个人。他有了基本的保证，安详自信，尽管眼前这对他毫无用处。

　　他不使用什么，但也不缺少什么。牧场、麦田、棕榈林都是他的，这是他依靠的根基。麦田正闲着，粮仓也无动静，打麦工也不做得金光四射。但是这一切都在他心里。走着的并不是普通人，而是主人，在苜蓿田里慢慢踱步……

只通过行动观察人，只认为在行动或具体经验或讲究利益时，才表现出人，这是有眼无珠。对人重要的，不是他眼前占有什么，因为我那个巡视田头的人占有的，仅是可以搓在手中的一把麦子或者可以采摘的几个果子。那个随我出征的人日常思念的，是他看不见、碰不到、不能抱在怀里，还未必在想他的情人，既然在这晨光初露的时刻，他呼吸大地的气息，压着沉甸甸的挂念，而她则躺在遥远的深闺里杳无音信。像出门了，像不在了。睡着了。可是那个人还是感觉她的存在，感觉他得不到的温情；像仓库中忘我沉睡的麦子；充满他闻不到的芬芳，充满他听不到的房屋中央水池的潺流声，然而他感觉一个帝国的分量，这使他跟别人不一样。

你遇到的那个朋友，他心中惦念着生病的儿子。病在异地他乡。他伸手感觉不到他的发烧，侧耳听不到他的呻吟，目前也改变不了他的生活一丝一毫。可是他的心中压着一个孩子的全部分量。

因而，从帝国过来的那个人，一眼看不到他的全部领土，利用不了它的财富，从中得不到丝毫利益，但是他作为家园的主人，心里很踏实，就像那个病孩子的父亲，那个情人远在他乡睡觉还是满怀情爱的人，无不如此。对人唯一重要的是事物的意义。

我当然认识村子里的铁匠，他走来跟我说：

"不关我的事我才不操心呢。我有茶，有糖，有健壮的驴子，有老婆在身边，有孩子长大懂礼貌，那时我完全幸福了，没别的要求了。为什么难过呢？"

他怎么会幸福呢，要是孤零零一个人在家？要是跟家人住在沙漠深处的帐篷里？我要他改正自己的想法：

"晚上你若到其他帐篷去找其他朋友，这些人若有什么事告诉你，也是让你听到沙漠中发生的事……"

因为别忘记，我看见过你们！我看见过你们围在篝火前忙着烤羊肉，我听到过你们响亮的笑声。我于是怀着沉默的爱慢步走向你们。你们肯定说起自己的孩子，这个长高了，那个病了；你们肯定也说起家，但是没有多说。只有那个旅客坐了下来，你们开始兴奋了，他随着远方的骆驼队来到这里，向你们叙说从那里带来的珍闻奇事，某位亲王的白象，那个说不上名字的女人在一千公里外的婚礼，又或者敌人的搬迁。他讲述这颗彗星，这场羞辱，这份爱情或这种面对死亡的勇气，或针对你的这份仇恨或极大关怀。那时你们心胸会宽阔，跟许多事会有关联，那时你们的帐篷被人爱或被人恨，受威胁或受保护，都有了它的意义。那时你们融入了这个神奇的网络，使你们变得比自己更宽阔……

因为你们需要一个天地，只有语言才能为你创造。

我记得那时父亲把三千名柏柏尔难民关进城北一座营房发生的事。他不愿意这些人跟我们的人杂居一起。他出于好心，供给他们粮食、衣服、糖和茶叶。但是不要求他们劳动以回报他的慷慨施予。因而他们不用为生存而发愁，每个人都可能这样想：“不关我的事我才不操心呢。我有茶，有糖，有健壮的驴子，有老婆在身边，有孩子长大懂礼貌，那时我完全幸福了，没有别的要求了……”

但是谁会相信他们幸福呢？我们有时去看他们，这时父亲就要教导我。

他说：“你看，他们变成了牲畜，开始慢慢腐烂……不是肉体，而是心灵。”

因为对他们来说一切失去了意义……

受保护的人没有什么可以相互说的了。他们千篇一律的家庭故事已经说完。他们的帐篷大同小异，也没什么可以描述的。经历了害怕、希望与创造后也不再害怕、希望与创造了。他们还用语言表达一些原始的要求，一个会说："把你的驴子借给我。"另一个会说："你的儿子在哪里？"人躺在床上张口有饭吃，还会期盼什么呢？还以什么名义奋斗呢？为了面包？有人送。为了自由？在有限的范围内完全自由。甚至还沉湎在这种使富人也心灵空虚的无限自由中。为了战胜敌人？但是他们不再有敌人了！

父亲对我说：

"你可以带一根鞭子，独自一人穿过营地，向他们的脸上挥去，会在他们中间引起的无非是群犬似的乱吠，边吼边退，咬人的样子。但是没有一人会挺身而出，你绝不会挨咬。你在他们面前叉起双臂。你蔑视他们……"

他还对我说：

"这是些人渣，已失去了人格。他们会在你的背后卑鄙地暗杀你，因为小人会露出狰狞的面目。但是他们经不住你目光的逼视。"

012　游吟诗人唱的故事

父亲说："这是人的一大神秘。他们失去了本质，还不知道自己失去了什么。躺在积累上享受的绿洲定居者也不知道。的确，他们失去了什么，并不表现在物质变化上。映在眼前的依然是同样的绵羊、山羊、房屋、山岭，但不再组成一个家园……

"要是他们失去帝国的意义，不会觉得自己僵化萎缩，丧失实质，也剥夺了事物的价值。事物保存的是表面。一颗钻石或一颗珍珠要是没有人要，那会是什么？等同于一块切割的玻璃。你摇晃的孩子若不再是献给帝国的礼物，他也就失去了自身的价值。但是你并不知道，因为他的微笑没有改变。

"因为这些物质的使用没有改变，他们就看不到贫困。但是一颗钻石有什么用途？没有节日首饰又算什么？一个孩子若没有了帝国，你若不再梦想这个孩子成为征服者、大人物或建筑师，他又是什么呢？岂不是一堆行尸走肉？……

"他们看不到日夜喂养他们的无形乳房，因为帝国喂养你的心，犹如远方的情人——即使睡着了如同死去那么安静——还在用她的爱喂养你，让你觉得事物有不同的意义。那边传出幽幽气息，你甚至呼吸不到，世界对你来说只是奇迹。就像家园的主人，踩着晨露，散步时惦记着佃农的睡眠。

"但是，情人离开了他他就会失望；他若自己不再爱或不再崇拜帝国，他不会觉察自己的贫困，这是人的神秘之处。他只是对自己说：'她不像我梦中那么美丽或者那么可爱……'于是他心满意足地四处流浪。但是世界对他已不再是奇迹。黎明不再是归来时的黎明，或醒来把她抱在怀里时的黎明，黑夜不再是爱情的圣殿。由于那个睡眠中呼吸的女人，黑夜不再是牧羊人的大斗篷。一切黯然失色。一切僵硬冷酷。人对灾难麻木不仁，不会为过去的充实流泪。他很满意自己的自由，然而这是不再存在的自由。

"因而那个心中已不再存在帝国的人说：'我从前的热忱是盲目愚蠢的。'当然他说得有道理。因为他身外已什么都不存在，除了零星的山羊、绵羊、房屋和山岭。帝国以前是由他的心创造的。

"但是女人的美貌若没有男人为之倾倒，还会表现在哪儿呢？钻石若没有人盼望占有，谈得上魅力吗？而帝国若没有了为帝国效忠的人呢？

"知道阅读形象的人，是把形象存放于心中的。他跟它犹如婴儿跟乳房那么密切，生命攸关，形象对他是顶梁柱，是感觉，是意义，是表现伟大的机缘，是空间与丰满，这个人如果脱离了源泉，就好似被腰斩了，会像被切断根须的树木一样窒息而死。他会茫无头绪。可是形象在他心中死去，不会带着他也死去，他不会觉得难受，跟平庸妥协而不自知罢了。

"这是为什么心中要时刻保持高尚的火光，高尚让人向着那个方向走去。

"因为主要的养料不是来自事物，而是来自连接事物的纽结。不是钻石，而是钻石与人的某种关系，使人获得滋养。不是这片沙漠，而是沙漠与部落的某种关系。不是书中文字，而是书中文字之间的某种关系——这是爱，是诗，是神的智慧……"

父亲派了一名游吟诗人到那群堕落的人中间。傍晚他坐在广场上开始唱。他唱的故事精彩绝伦。他唱倾国倾城的公主，要走近她必须烈日下在没有水井的沙漠里走上二百天。不存在的井成了爱情的牺牲与陶醉。羊皮囊里的水成了祈祷，因为它能把你引到可爱的人那里。他说："我盼望棕榈树林和温柔的雨……而那个女人，我希望她用微笑迎接我……我那时分不清狂热与爱情……"

他们渴望有渴的欲望，对着父亲举起拳头："昏王！你剥夺了我们的渴望——那才是为爱情牺牲的陶醉啊！"

他歌唱战争宣布后存在的威胁，使沙漠变成了蛇窟。每座沙丘都隐藏杀机和提供生路。他们渴望冒死亡的风险，这使沙漠虎虎有了生气。他歌唱敌人的威风，大家到处等着他，他在地平线上出没无常，就像从四面八方升起的太阳！他们渴望出现一个敌人，来势凶猛得像海水把他们团团围住。

当他们渴望见到像一张脸一掠而过的爱情，短剑纷纷出鞘。抚摩刀刃时高兴得流出眼泪！他们的武器已经遗忘、生锈、变钝，在他们看来就像失去了阳刚，但是唯有武器才使男人创造世界。于是发起叛乱的信号，像火那么美丽！

他们个个都像人那样死去！

015 总督与将军都有自己的道理

我的将军愚蠢顽固，聚在一起，彼此交谈，"必须弄清楚我们的人为什么四分五裂，相互憎恨"。他们把那些人召拢来，倾听各方的陈述，试图调解他们的观点，秉公处理，收回非法占有，做到物归原主。如果他们相互憎恨是出于嫉妒，将军们尽量评定谁是谁非。不久他们就听得糊涂了，因为一切问题都纠缠在一起，相同的行动都表现出不同的形象，从这个角度看高贵，从另一个角度看卑鄙，残酷的事又有高尚的一面。他们的会议继续开到深夜。因为再也睡不着，他们的愚蠢也有增无减。那时他们走来找我："这样闹下去没有一个解决办法。这是希伯来人的洪水！"

但是我想起了父亲："当麦子发霉的时候，到麦子外面去找发霉的原因，给麦子换个粮仓。有人相互憎恨时，不要去听他们胡说相互憎恨的理由，因为他们还有其他没说出口和没想到的理由。他们相互关爱同样也有那么多的理由，他们漠不关心地生活也有那么多的理由。而我对于众说纷纭不感兴趣，知道其中包含的内容都隐晦难解，就像房屋的石头不带来阴影和安静，就像树木的成分说明不了树木，而我为什么要对他们憎恨的原因感兴趣呢？神殿都是用同样的石头建成的，可以宣扬爱，也可以宣扬恨。"

他们只用种种站不住脚的理由装饰憎恨，我仅是听听而已，不认为做出无谓的评判就能使它消除，只会使他们不论有理无理更加固执己见，被我认为无理的人耿耿于怀，被我认为有理的人趾高气扬。这样我在加深鸿沟。但是我想起了父亲的智慧。

当他征服了新土地，由于局势还不安全，他派了几名将军去辅助总督。在这些新省份巡查后回到首都的人向父亲汇报：

"在某省，将军侮辱了总督。他们从此再也不交谈。"

从另一个省份来的人说："大王，总督痛恨将军。"

然后第三个省份的人又来说：

"那边有一件重大纠纷等待大王裁决。将军和总督都把对方告上了。"

父亲开头听取争执的原因。这些原因都是不说自明的。谁受了这类的侮辱，都会下决心报复的。竟是些丧失廉耻的叛变和不可调和的诉讼。绑架与侮辱。每次不用多说的总是一个人有理，另一个人无理。但是父亲听厌了这些唠叨。

父亲对我说："我另有公干，才不去推究他们这些愚蠢的争端。争端各地都有，都大同小异。我每回选择的将军与总督，若能相互谦让，那则是莫大的奇事了！

"当那些被你关在笼子里的牲畜接二连三地死去，你不要在它们身上去找出事的原因。要在笼子上找，再把它烧了。"

他召来一名使者：

"是我没有分清他们的权限。他们两人不知道宴席上的座位谁先谁后。他们都恨恨地窥视对方。两人并肩往前走去坐下。那时只会是更粗野的或者更狡猾的人先坐上位子。另一个就会恨他，发誓下一次不要那么傻，要加速脚步先坐上去。以后自然而然地他们就会偷对方的妻子，盗窃对方的牛羊或者相互对骂。这只是些无聊的争执，但是他们深信不疑，也就耿耿于怀。我绝不去听他们的风言风语。

"你要他们相爱吗？不要把权力让他们分享，而要一个听从另一个，另一个听从帝国。那时他们就会彼此支持一起建设。"他严厉惩罚无事生非的肇事者，他对他们说："你们做的这些丑事对帝国无益。将军无论如何要服从总督，总督领导无方我就惩罚他。将军不知道服从我也惩罚他。我劝你们别再说了。"

……

父亲对我说："他们并不愚蠢。但是片面之词并不能带来有益的东西。你要学会的不是去听风言风语，也不是去听误导他们的推理。要学会从远处看。因为他们的憎恨不一定没有道理。如果每块石头不在适当的位子上，就没有神庙。如果每块石头在适当的位子上建成了神庙，石头就会令人肃然起敬，跪下祈祷。有谁听见石头说话了吗？"

016 雪松是土壤的完美状态

美德也是如此。我的将军愚蠢顽固，来跟我谈论美德。他们对我说："现在社会伤风败俗。这是帝国正在走下坡路的原因。必须加强法律，采取更严厉的措施。对违法乱纪的人要砍头。"

而我在想：

"可能有一些人必须砍头。但是美德首先是结果。臣民的堕落首先是统率臣民的帝国的堕落。帝国如果朝气蓬勃，廉洁公正，就会激发臣民的高尚之心。"

我记起了父亲的话：

"美德是人的完美境界，不是全无缺点。我若要建设一座城市，我搜罗三教九流人士，给他们权利，叫他们自尊。抢劫、勒索或强暴都是歪门邪道，我给他们另外的志趣。这样他们会用粗壮的双手去建设。他们的自尊会换来塔楼、神庙和城墙。他们的凶狠会变成人格高尚和纪律森严，他们会为由自己建设、用心血交换而来的城市服务。他们会为了保卫它而死在它的城墙上。你就会在这些人身上发现引人注目的美德。

"但是你无视土地的力量，嫌弃泥水的污浊、蛆虫的丑陋；你首先要求人洁白无瑕。你责备他们锋芒毕露。你在帝国中安

插阉人。他们追究的罪恶，只是些没有走上正途的力量。他们
追究的也就是力量与生活。久而久之他们变成守业的庸人，看
管着一个死亡的帝国。"

父亲说："雪松用土壤营养自己，把土壤转化成茂密的枝
叶，枝叶又用阳光营养自己。"

父亲有时还说："雪松是土壤的完美状态。这是土壤转化成
了美德。你若要保卫帝国，给它创造热忱，它就会汲取人的力
量。同样的行为，同样的活动，同样的愿望，同样的努力，可
以建城，也可以毁城……"

018　谁蜕变都只是坟地与遗憾

　　这是为什么那天晚上，我爬上了黑高峰，居高临下望着营地上的黑色点子，总是布成三角形阵势，总是三座山头上有哨兵防守，他们总是荷枪实弹，可是我的人如同枯木随时会被吹得四处飘零。我原谅他们。

　　因为我明白：毛虫成蛹时自己会死去；植物结籽时自己会死去。谁蜕变都会悲哀与焦虑。他的一切都归于无用。谁蜕变都只是坟地与遗憾。老帝国衰落时谁都回天乏术，这群人就在等待蜕变。毛虫、植物是无法医治的，孩子也是如此，他蜕变，要求开开心心回到童年，给他厌倦的游戏找回原有的色彩，在母亲的怀里感觉温柔与奶香——但是游戏的色彩、母亲怀抱的庇护、奶香都已不复存在。他悲伤，继续往下过。老帝国衰落时，那些人要求新帝国，虽不知道它是什么样儿的。孩子经过蜕变，失去了对母亲的依赖，不遇到妻子不会安定。她再一次独自把帝国组织起来。但是谁能向大家指出他们的帝国？谁能在世象纷纭中，依靠天聪睿智塑造出一个新面目，强制世人把目光转移到它的方向，认识它？认识时还要爱它？这不是逻辑学家的工作，而是创造者、雕塑家的工作。因而唯有雕塑家在无可无不可的大理石上，雕凿出唤醒爱的权力。

019　圣地存在于人的心灵

于是我叫来了建筑师，对他们说：

"未来的城市都取决于你们了，不是说精神意义上，而是指城市面貌与表情上。我想有了你们可使人人安居。好让他们享受城市的方便，而又不要在浮华排场上花费心力。但是我一直在学习区别重要与紧急。吃当然是紧急的事，不吃就没有人，也就不存在问题。但是爱、生命意义、领会神意是更重要的事。我不关心肠满脑肥的物种。我对自己提出的问题，不是知道人是不是幸福、繁衍和安居。我首先想到今后繁衍、安居和幸福的是什么样的人。因为与生计安全、兴旺发达的店主相比，我宁愿选择长年累月追风逐日的游牧部落。他们侍候一个更广大的神，自己也一天比一天美丽。必须选择时，我若获知上帝把崇拜赐予后者而不赐予前者，我会把我的臣民放逐到沙漠里，因为我喜欢人发出自己的光芒。蜡烛再粗也打动不了我。我以火焰检测蜡烛的质量。

"但是我看不出王子不及装卸工，将军不及士官，匠师不及工匠，虽然他们消费的财物更多。那些造青铜城墙的人，我也不说及不上砌泥墙的人。我不拒绝征服的台阶，它让人更上一层。但是我不混淆手段与目的，台阶与神庙。有了台阶可以进入神庙，这是紧急的事，不然神庙无人光临。但只有神庙是重要的。人生存下来，在周围找到成长的手段，这是紧急的事。但这里只是说引导到人身边的台阶。我为人注入的灵魂才是圣地，因为只有这才是重要的。"

……

020　岩石露出狰狞的怒容

　　我的将军愚蠢顽固，用他们的论证来跟我纠缠。因为他们聚在一起像开会似的为未来争论不休。他们就是希望这样表现自己的能耐。我的将军首先学的是历史，他们记得我征服的每个日期、我失败的每个日期、诞辰的日期和逝世的日期。这样在他们看来很明白，事件可以一桩桩推论。他们把人的历史看作一连串因果关系，其根源来自历史书的第一行，延伸到对后世影响的这一章，说出人类怎么有幸到了人才辈出时代的这一代将军。这样他们心潮澎湃，用前因后果向大家指出了未来。不是么？他们带着长篇大论的论据来找我："你应该谋取大众幸福，或建立和平，或促进帝国的繁荣。我们见多识广，我们研究过历史……"

　　但是我知道重复出现的事是有据可依的。下雪松种子的人可以预见雪松成长，扔石头的人可以预见石头坠落，因为雪松复现雪松，石头的坠落复现石头的坠落，即使他扔石头或者埋种子都还没有见诸行动。雪松从种子变成树，从树变成种子，像蛹壳似的蜕变，谁能预见它的命运？这也是一种创世记，我还无例可援。雪松会是一株新木，它苗壮成长，绝不是我认识的那样复现。我不知道它将往何处去。同样我也不知道人将往何处去。

......

我也是事后在平坦无痕的沙漠上，阅读了我的敌人的历史。我知道脚步总是一步步跟随，链子总是一节节串连，决不会有一节断缺。若不是起风掀动沙漠抹去上面的痕迹，像小学生擦干净的石板，我也可以循着足迹探索到事物的根源，或者追寻骆驼队在它歇脚的溪水边把它逮住。但是阅读时我并没得到什么教导，让我走在骆驼队的前面。因为统率骆驼队的真理不是我支配的沙漠，而是另一种本质。认识足迹只是认识干巴巴的事物反映，它不会告诉我恨、恐惧、爱——那才是人的主导。

我的将军愚蠢顽固，对我说："一切还是可以演绎的。我若知道了主导人的行动的这种恨、爱或恐惧，便可预测他们的行动。现在中包含未来……"

但是我回答他们说，超前一步预见骆驼队的行程总是可以的。这新的一步无疑朝着同样的方向，踏着同样的步子重复原来的一步。重复的事是有据可依的。但是骆驼队不久脱离了我的逻辑为它设计的轨道，因为它改变了欲望……

因为他们不明白我的意思，我对他们说起大迁徙的故事。

这发生在盐矿地区。这里没有东西保证生命，人在盐矿区就是想逃生。烈日晒得地面发焦，地中心冒出的不是清水，而是盐块，就是不干井水也都废了。其他地方的人，带了满满的羊皮囊过来，夹在星辰与岩盐之间赶快工作，用锄头刨下这些意味着生命与死亡的透明水晶。然后他们像被脐带拽着似的回

到幸运的土地和丰泽的水边。这里阳光严酷无情，像饥荒一样
不饶人。沙地处处崩裂露出岩石，盐矿四侧是硬如黑钻的紫檀
木底座，以及风吹也休想撼动的尖峰。这片沙漠几百年来一成
不变，还会一成不变地再过上几百年。山岭却继续慢慢腐蚀，
就像小锉刀在锉。人继续采盐，骆驼队继续运送水和粮食，轮
换苦刑工……

　　但是有一天清晨，人向山岭转过身去。呈现在眼前的景色
是他们见所未见的。

　　因为来去无踪的风，几世纪以来啃啮着岩石，切割出了一
张巨大的脸，露出怒容。认出以后，大家吓得四处逃跑。这件
怪事传至井底；当工人从石头中钻出来，首先朝山岭看去，然
后心惊肉跳，慌忙奔向帐篷，把炊具收拾打包，吆喝着妻儿奴
隶，在恶毒的阳光下推着他们受诅咒的家当，走上北方的道
路。但是没有水，这些人个个都死在路上。逻辑学家即使看到
山岭腐蚀，人继续存在，他们的预言都是徒劳的。他们怎么会
预见到要发生的事呢？

021　城池是扑向大地的突击

当然我们都知道推理会把人引入歧途。我瞧着这些人，最巧妙的论证、最激情的讲解都无法让他们确信不疑。他们说："是的，你说得对。可是我不像你这样想……"这些人，有人说他们愚蠢。但是我明白他们一点也不愚蠢，恰恰相反，他们还是最聪明的人，他们尊重一种不是词语所能运载的真理。

因为，其他人，他们以为世界包含在词语中，人的言语表达宇宙、星星、幸福、夕阳、家园、爱、建筑、痛苦和科学……但是我认识的是面对着山岭，有责任心地一铲又一铲把山岭铲平的人。

我当然想到几何学家设计城墙时，手中掌握了城墙的真理。大家可以根据他们的图纸建造城墙。因为城墙对几何学家来说是一个真理，但是有哪个几何学家从重要性方面去理解城墙呢？从他们的图纸上哪儿看到城墙组成一座堤坝呢？谁让你发现城墙也像雪松的树枝，里面形成一座生气勃勃的城市？你从哪儿看到城墙是保护热忱的外皮，只要碉堡长久存在就允许一代代人交换走向上帝？他们看到的是石头、水泥和几何学。当然城墙是石头、水泥和几何学，但是它们也是船的肋骨和个人命运的避风港。我首先相信个人命运。并不因那么短促而无所作为。比如这朵独一无二的花，是打开的窗子，从中了解到春天。花是由春天变的。一个不开花的春天对我来说什么都不是。

说实在的，等待丈夫归来的妻子的爱情可能不重要，分别前的挥手也不那么重要，但是它是某件重要事的信号。城墙里闪闪发光的某一盏灯，如同船头上的灯笼，也不那么重要，可是这是一个释放的生命，其重量无法测量。

城墙是它的外皮。这座城是包在壳里的幼虫。这扇窗，是树上的一朵花。这扇窗背后可能是一个苍白的孩子，还在吃奶，不懂得自己的祈祷、玩耍、呢喃，但会是明天的征服者，建造新的城市，给它们增造城墙。这就是树的种子。哪部分更重要或者更不重要，我怎么知道呢？这个问题对我毫无意义——因为对于树，我说过，是决不能把它锯开来认识的。

偶尔，为了给我看城池，有人把我领到了山上。对我说："看啊！我们的城池！"我欣赏街道的布局、城墙的构筑。我说："那是蜜蜂睡觉的蜂窝。天一亮，它们就分飞到平原上，采花吮蜜。人就是这样耕作，这样收获。他们白天的劳作果实由小驴子队拉向粮仓、市场和储藏库……黎明时城池把人放出去，然后又把他们连同他们的负担和过冬储粮都一起接收。人是生产者，是消费者。因而我首先要研究他们的问题，治理他们的蚂蚁窝，才是为他们造福。"

但是有人为了给我看他们的城池，让我渡河从彼岸眺望。我侧面对着壮丽的夕阳，看到屋顶参差不齐、形状大小不一的房屋，清真寺的尖塔像桅杆，上面挂着烟一样的彤云。城池在我眼里像是正待扬帆的船队。城池的真理不再是井然有序和几何学家的真理，而是人乘风破浪扑向大地的突击。我说："那是走向征服的豪情。我委派我的船长去领导我的城池，因为人首先在创造中感到欢乐，体验冒险和胜利的强烈诱惑。"然而这不更真实，也不更不真实，而是另一种看法。

也有人为了让我欣赏他们的城池，挟了我走进城墙里面，首先把我领到神庙。我走进去，里面肃静、阴暗、凉爽。这时我沉思。我的沉思在我看来比粮食或征服更重要。因为我饮食是为了生存，我生存是为了征服，我征服是为了回来，沉思默祷中感觉胸襟更加宽阔。我说："这是人的真理。人是通过心灵存在的。我指派诗人和教士领导我的城池。他们会使人的心开放。"然而这不更真实，也不更不真实，而是另一种看法……

现在，我有了智慧，使用"城池"这个词时，不是去推理，而是引起我心中的联想，以及经验教导我的一切，小街上孑然一身，屋里与人分享面包，平原上侧影灿烂，从山顶看到的井然秩序。还有其他我一时说不出或者想不到的事。我怎么用词语来推理，既然对于一个符号是真的东西，对于另一个符号则是假的？……

022　树就是秩序

这样在我看来，禁止矛盾是无效和危险的。我就是这样回答我的将军，他们来对我说起秩序，但是把表示力量的秩序跟博物馆的布置混为一谈。

因为我说树就是秩序。秩序在这里是统制不同事物的联合体。这根树枝上有鸟巢，另一根树枝上没有鸟巢。这根树枝上结果子，另一根树枝上不结果子。这根树枝朝上，另一根树枝朝下。而我的将军只想到他们的军事检阅，他们说彼此不再有什么不同的东西才是秩序。我若放任他们去做，他们也会把圣书做一番改进，圣书中的秩序表现了上帝的智慧，哪个孩子都看到其中的字母是穿插混杂的。将军们会把 A 都放在一起，B都放在一起，C 都放在一起……这样他们整理出一部有秩序的书。一部给将军看的书。

他们怎么会接受不能表述，或不能达意，或跟另一个真理矛盾的东西呢？他们怎么会知道，在一个只是释义、但不能面面俱到的语言中，两个真理可以是相互抵触的呢？

我可以谈到森林或家园而不自我否定，尽管我的森林可能侵占到几个家园，而又不把一个家园完全覆盖；也可能我的家园扩展到几座森林而没有一座森林完全包括在内？但是这两者并不相互排斥。但是我的将军，若拥护家园，就会叫歌唱森林的诗人脑袋落地。

相互抵触是一回事，相互否定是一回事，我只知道一个真理，这就是生活，我只承认一种秩序，这就是统治不同事物的联合体。事物不同我认为是无所谓的。我的秩序是万物统一的全面合作，这种秩序促使我不断地创造，促使我去建立一种吸收各种矛盾的语言。这语言本身就是生活。要创造秩序，绝不是拒绝。因为，如果我首先拒绝生活，把我部族的人像木桩似的沿着一条路排列，我达到的秩序完美无缺。我若把我的臣民压制成一群白蚁也一样。白蚁对我有什么诱惑力呢？因为我喜欢的人，是从自己的宗教里解放出来，受到神鼓舞的人；这些神，房屋、家园、帝国、天国由我创造在他们心中，使他们去交换成更广阔的天地。所以我不让他们相互争吵，知道一个成功的行动是由一切不成功的行动促成的，知道人要成长必须创造，而不是重复。那时他就不是单纯消费现成的积蓄。最后还知道一切，即使船体的形式，都必须壮大、生活、变革，不然它也会死亡，被送入博物馆或苟延残喘。

我首先要区别连续性与停滞不前。我要区别稳定与死亡。衰落上面建立不成雪松的稳定与帝国的稳定。我的将军说："这样好，不用改变！"但是我恨定居者，说完成的城市是死城。

029　爱泉水的歌声而把泉水灌进了瓦罐

　　我在舞姬的面具前沉思。她神情呆板、固执、疲惫。我心想："在帝国辉煌的时代这是一只面具，到了今天只是一只空盒的盖子。人已没有了悲情，已没有了公义。没有人再为他的事业难过。一个再也不叫人难过的事业是什么呢？

　　"他向往获得。他获得了。现在对他幸福吗？但是幸福是获得的过程。请看这株孕育花朵的植物。孕育花朵后幸福吗？不，是完成了。除了死亡以外，再也没有什么可以盼望了，因为我明白什么是欲望。工作的渴求。成功的滋味。然后休息。但是这种休息不是食物，养活不了谁。不应该混淆食物与目的。这个人跑得更快。他赢了。但是他不能拿赢得的赛跑生活。另一个爱海的人也一样，不能拿他唯一征服的暴风雨生活。他征服暴风雨是他游泳时的一次伸臂动作。这个动作带来另一个动作。培育花朵，征服暴风雨，建造神庙的快乐，不同于占有一朵开放的花朵，完成暴风雨的征服，建成一座神庙的快乐。使用最初受到谴责的东西，要战士去体会定居者的乐趣，期望从中得到享受，这是幻想。但是从表面看来，战士斗争得到的结果是造成了定居者，但是如果他是随后变成定居者的，他没有权利失望，有人对你说欲望永远会把满足赶跑，因而他的沮丧也是不对的。因为那时就会弄错欲望的目标。你说，你永远追逐的东西，也永远在走远……这就像树在抱怨："我孕育了花朵，它却变成了种子，种子又变成了树，有一次树与花……"这样你征服了你的暴风雨，你的暴风雨变成了休息，但是你的休息只是在酝酿另一场暴风雨。我对你说，世上不会有神的大赦，让你不去变化。你愿意不变，那只是在上帝那里。当你慢慢变化，动作僵硬时，他把你收入他的谷仓。因为，你看到，人的诞生是很费时日的。

　　……

　　"有了婚礼，才有庆典，在爱的宗教推动下，人人参加，热闹非凡。满篓子的花撒得香气扑鼻，用血汗苦难换来的钻石放在火中燃烧，一颗钻石需要大众付出的劳苦，就像一滴香水需要摧残满车满车的花朵，每个人都不明所以地在爱情中筋疲力竭。但是她就在我的露台上，温柔的女俘迎着风披纱轻扬。而我，男人，凯旋的战士，终于得到了战争的犒赏。突然，面对着她，不知道变成什么……

　　"我的鸽子，"我对她说，"我的斑鸠，我的长腿羚羊……"因为我想用我发明的词语来拥有她，这个不可拥有的人！她像雪一样融化。因为我等待的馈赠是子虚乌有的。我大呼："您在哪儿？"因为我没有遇见她。"边界在哪儿？"而我变成了碉堡与城墙。我的城里燃起欢乐的火光庆祝爱情。而我孤独地在我可怕的沙漠里，瞧着她裸着身子睡觉。"我选错了猎物，我跑错了地方。她逃得那么迅速，我截住她准备抓住……一抓住她就不存在了……"但是我也明白自己的错误。我是在为跑而跑，我当时就像那个人那么傻，他把泉水灌满了瓦罐，藏进柜子里，只因为他爱泉水的歌声……

030　自以为自由的人哪儿都不在

这样在我看来，人若不能做出牺牲、抵御诱惑和接受死亡，就不值得关注；因为他就不具备形态；同样，他若混杂在大众里，受大众的支配，就接受规矩准绳。因为这也像野猪、孤独的大象和山上的人，大众应该允许各自单独静处，不要看见屹立山顶的雪松而发根，去把它砍倒。

……

于是在我面前提出了这个压倒一切的争讼，欣赏俯首听命的人和秉性耿直光明磊落的人。去理解这个问题，不要提出这个问题。因为那些受最严格的纪律约束的人，我一声令下，他们视死如归。他们拥护我的信念，能做到纪律严明，我可以当面训斥，要他们像孩子一般服从。然后派遣他们去冒险，当跟其他人发生冲突时，他们就会表现出钢铁般的素质、崇高的愤怒，以及面对死亡的勇气。

我明白这只是同一个人身上的两种表现。这个人我们钦佩他，因为他是誓死不二的硬汉；或者那个女人烈性难驯，在我的怀里像风浪中的船只难以驾驭；那个我称为男子汉的人，因为他不妥协，不屈从，不让步，不会因取巧、贪婪或丧气而改变本色；那个人不会在我严刑拷打下吐露半点秘密；那个人内心怀着不变的信念；那个人我承认群众或暴君都奈何不了他，他具有钢铁意志,我总是发现他还有另一面。服从,守纪律,待人礼貌,充满信仰和献身精神,富于灵性的赤子,道德的继承者……

但是另一些人,我称为放浪不羁,一切皆由自己做主,独来独往,他们并无任何召唤,也就不受差遣,凡有行动也只是毫不一致地随心所欲而已。

我讨厌这样的牲口,内心浮浅没有眷恋的人;我也不喜欢,无论作为国王还是主人,总想打掉臣民的锐气,要他们做盲从的蚂蚁,我明白我能够也应该用强制办法激励他们,而不是毁灭他们。他们在我的教堂里温顺、服从、乐于助人不是出于无奈,只有这样的人才是中流砥柱,才能让我的帝国发扬光大。但是这不是靠一个人,而是靠大家通力合作……

但是那个压在沉重的城墙下,受到哨兵的监视,我可以钉上十字架也不会弃绝的人,那个在我的屠夫严刑拷打下只是露出轻蔑微笑的人,我若把他看成顽固不化,那是我看错了人。因为他的力量来自另一个宗教,他另有温柔的一面。另一种人的形象,他坐着听人说话,两手放在膝盖上,露出坦然的笑容,他也是用人奶喂大的。还有被我掳掠在塔里的那个女人,她在天涯的牢笼里踱来踱去,不会被强暴也不会被占有,不会在要求下说一句爱情的话。她只是来自另一个国土,脱胎于另一种火,出生在另一个遥远的部落,满怀的是她的宗教信仰。除非改宗,否则我是无法走近她的。

我恨的那些人,首先是哪儿都不在的人。这是一群小人,他们自以为是自由的，因为自由改变意见，自由否定（既然他们自我判断，怎么知道自己在否定呢？）。因为自由欺骗，自由起伪誓，自由弃绝，也因为我只须——要是他们饿了——把他们领到食槽前叫他们改变主意。

031　孩子使石子改变意义

那些人来跟我说舒适，我想起了我的军队。知道为了生活的平衡人做出多少努力，虽然平衡达到后生活也就消失了。

这是我喜欢走向和平的战争的原因。随着它有温暖太平的沙子，蝮蛇乱窜的荒野，人迹不到的腹地和洞窟。我想得多的是那些孩子，他们玩耍，变换白石子的阵势，说："这是在行军，那是牛羊群。"但是过路人只看到石子，不明白他们心中的财富。同样，享受黎明的人，跳入天光下的镜面用凉水洗礼，然后在初现的晨曦中温暖身子。或者那个走向井边的人，口渴了，自己拉动吱吱咯咯的铁链，把沉重的桶提到井栏上，这样听到水的歌声以及一切尖利的乐曲。他口渴了，使他的行走、他的双臂、他的眼睛也都充满了意义，口渴的人朝着井走去，就像一首诗；而其他人向奴隶做个手势，奴隶把水端到他们嘴边，他们就听不到水的歌声。他们的舒适也只是放弃；他们不在辛苦中获得信仰，欢乐也不会找上他们。

我也注意到那个人，他听音乐而不用心。他叫人用轿子抬了去听，而不是自己走着去听；他因果皮苦而放弃果肉，而我要说的是：没有皮就没有果肉。你们混淆了幸福与自我放弃。富裕的人不去享受他的财富，这样的财富也就归于无用。没有人爬上山坡，大好风景也就寂寞空谷，得不到欣赏。如果有人抬着滑竿把你送到山顶，你看到的只是平淡无奇的景物罗列，你怎么会赋予它实质呢？因为对于双臂叉在胸前深感满意的人，这样的景色是经过努力后气定神闲的享受，在蓝色黄昏中也体现井然有序的满足，因为他走的每一步都是在调整山河，推远村庄的砾石路。这个景色起自他的胸臆，我发现他感到的快乐也是孩子的快乐，他排列了石子，建造了城市，于愿已足。看到一堆未经自己努力而成为风景的石子，哪个孩子会欢欣雀跃呢？

我看见过这样的人，他们渴得难受，渴是对水的嫉妒，比痛还不容易治，因为身体知道自己要什么药，要求它就像要求女人，在睡梦中也见到其他人在喝。好像他看到女人在对其他人微笑。我若不用上自己的身心，一切都没有意义。我若不身体力行就不存在什么历险。我的星象家，当他们由于夜间研究工作而要观察银河时，他们发现了这部大书，翻阅时一页页发出清脆的响声，他们赞美上帝，让世界充满了灵性，令人回肠荡气。

我对你们说：你们没有权利不努力，不做这件事，便要做另一件事，因为你们必须长大。

032　沙漠中竖起一顶空帐篷

那一年位于帝国东边的国王死了。那个人我曾予以狠狠打击，经过那么多次交锋，他明白我靠着他就像靠着一堵墙。至今我还记得我们的会见。沙漠中竖起一顶紫色帐篷，空空的。我们两人步入帐内，我们的军队都各待在一边，因为人混在一起会坏事。人人只在心里下功夫。一切镀金的表面都会龟裂。因而他们嫉妒地瞧着我们，须臾不离开武器，不会轻易为一件好事动心。父亲说这话很有道理："千万不要从表面去衡量一个人，必须深入他的灵魂、心和精神的第七层。否则的话，你们就会以你们本人的庸俗行为去妄加猜疑，会引起无谓的流血。"

我是这样明白了他的意思，我排除了杂念，关在三道墙的孤独后面，才看到他的内心。我们面对面坐在沙地上。我不知道那时是他还是我更加强大。但是在这种神圣的孤独中力量成为一种尺度。因为我们的行动会震惊世界，但是我们有所节制。我们于是讨论牧草问题。他说："我有二万五千头羊正在死去。你们那里下过雨了。"但是我不能容许他们带进来奇风异俗和腐蚀人心的怀疑态度。怎么在我的土地上接受另一个宇宙的牧羊人呢？我回答他说："我有二万五千个孩子要学习自己的祈祷，不是其他人的祈祷，因为不然他们就没有自己的形态……"于是两国人民兵戎相见。我们像两股潮水此来彼往。虽然双方都全力以赴，谁都不能前进一步，我们都处于武力巅峰时期，失败锻炼了我的敌人。"你打败了我，我由此变得更加强大。"

我绝不轻视他的伟大；不轻视他的首都的空中花园；不轻视他的商人的香料；不轻视他的工艺匠的精致的金银器；不轻视他的大水坝。庸人才会想到去轻视别人，因为他的真理排斥其他真理。但是我们知道真理是并存的，并不认为承认了他人的真理则贬低了自己，很难说其他人的真理不正是我们的错误。苹果树，据我知道，绝不轻视葡萄树，棕榈树也不轻视雪松。但是这些树各自顽强苗长，根须绝不纠结在一起。保持各自的形态和特性，因为这才是不可估量的宝，谁都不可贬低谁。

他对我说："这盒香料、这颗种子、这棵黄雪松礼物，让你家布满了我家的香气，这才是真正的交换。还有就是从我的山上向你发出的战争叫嚣。或者来自一位大使，他训练有素，经验丰富，既有拒绝又有接受。因为在你工于心计、不怀好意时他拒绝你，但是超越仇恨时又接受你。唯一有价值的尊敬是一个敌人的尊敬。至于朋友，只有不是出于感恩图报、阿谀奉承和诸如此类的庸俗行为，他的尊敬才是有价值的。你若要为朋友去死，我不许你沾沾自喜……"

然而若要说我把他当作朋友，这也不是实话。可是我们见面心头确有一种喜悦。但是由于人的庸俗观念，词语在这里产

生歧义。喜悦不是为他而有的，而是为上帝而有的。这是走向
上帝的一条路。我们的见面是拱顶石。我们没有什么要对对方
说的。

上帝原谅我在他死的时候流了眼泪。

我知道这是我的苦难的不完美。我想："我流眼泪，这是
我还不十分纯洁。"假使他听到我的死讯，我想象他像从一块
领地回到了黑夜。用同样的目光凝视天翻地覆与黄昏暮色。当
世界在平静的水镜下变化时，那个溺水的人会对他的上帝说：
"主啊，日月都按你的意志出没。但是这束捆好的麦子，这个过
去的时代又有什么可失去的呢？我存在过。"他会把我放在心
里，保持难以言喻的沉默。但是我还不够纯洁，我还不能体验
永生。我像女人一样，当夜风吹枯了我生气勃勃的玫瑰园里的
玫瑰时，感到这种表面的忧郁。因为它使我枯萎在我的玫瑰中
间。我感到自己随着它们死去。

我长长的一生中，埋葬过我的将官，撤换过我的大臣，失
去过我的妻子。我在身后留下我的一百种形象，像蛇蜕壳一
样。但是当衡量日子的太阳升起时，测定年份的夏季来临时，
经过一次次会见，签订一项项新条约，我的将士在沙漠中竖起
了空帐篷。我们还是前去赴约。庄重的礼仪，矜持的微笑，临
近死亡的镇静。这不是人的而是神的静默。

现在我留下了一个人，一个人对自己的过去负责，没有
了见过我生活的证人。我不屑向臣民说明的一切行动，只有
他——我的东邻——是明白的；我从未当众流露的一切思想，

只有他在静默中是猜到的；一切压在我心头的责任，其他人都不知道，还认为是我独断独行，而他——我的东邻——从不感情用事，前后左右斟酌思量，与我有不同的看法。现在他长眠在发紫光的沙漠里，沙子像裹尸布盖在他身上，现在他不声不响了，现在他的微笑忧郁，充满神意，同意捆好麦子对着他的积累闭上眼睛。啊！我慌张中充满自私！我那么弱小，竟臆想本人命运的轨迹多么重要，自比为帝国，而不把自己融入帝国，发现个人的生命像一段旅程达到了这个巅峰。

那个夜里，我认识了自己生命中的分水岭，慢慢从那边的山坡上去，又从这边的山坡下来；第一次当上了老人，再也认不出人，也遇不到熟悉的面孔，对哪个都无动于衷，因为我对自己也无动于衷，把我的将官、我的女人、我的敌人统统留在另一边山坡上，可能还有我唯一的朋友，从此以后孤零零失落在一个我不再认识的部族居住的星球上。

035　山的意义也因人而不同

这是为什么无信仰者或逻辑学家的论据从不给我留下印象，他们对我说："把家园、帝国或上帝指给我看，因为我看到的、碰到的只是石头和材料，我只相信我碰到的石头和材料。"这里的秘密只可领会无法言传，我绝不妄想说了出来会使他信服。同样，我不能背了他上山让他发现一种风景的真理，这对他不是什么胜利，也不能让他未曾征服而去欣赏这首乐曲。他向我讨教而又不思费力去学，就像有人寻找自动献出爱情的女子。这不是我力所能及的事。

我逮住他，禁闭他，用学习折磨他，就是明白好事皆难学这个道理。以辛苦与汗水来衡量工作的成果。这是为什么我召集了学监，对他们说："别误会了。我把孩子托付你们，不是为了今后掂量他们的知识量，而是要让我高兴地看到他们的上进心。你们中间若有人坐了轿子到过千座山，看过千种风景，这样的学生我不感兴趣，因为首先没有一座山是他真正认识的，其次千种风景也只是浩瀚天地中的一粒灰尘。只有这样的人我感兴趣，他在登山时运动自己的肌肉，即使只登过一座山，他有了准备去了解今后所有的风景，也胜过你们那个对千种风景一知半解的假学者。"

……

　　我还要说一遍，当我说到山，意思是指让你被荆棘刺伤过，从悬崖跌下过，搬动石头流过汗，采过上面的花，最后在山顶迎着狂风呼吸过的山。

037　香粉与花汁液

可是，我思虑我城内的舞姬、歌女和艺伎。她们叫人造了银轿子，当她们大着胆子出门时，前面有当差的人吆喝开道，吸引人群围观。当掌声鼓得她们受不了，从浅睡中醒来，她们揭开丝绸面纱，乐意顺从人群的愿望，把雪白的面孔朝向他们献媚。她们谦逊地微笑，而吆喝的人叫得声嘶力竭，因为如果人群没用爱的暴政使得舞姬表现谦逊，他们在晚上就要受到鞭笞。

她们在金浴缸里沐浴，大家受邀去参观如何调制她们的乳浴液。挤出一百头母驴的奶，加上香料与花汁，花汁非常昂贵，但是质地细腻闻不出香味。

我并不介意，因为归根结蒂提取花汁的工作只占国家很小一部分活动，价格也高得匪夷所思。然而什么地方有了珍贵物质而欢欣鼓舞，这值得庆幸。因为重要的不是用途，而是热忱。既然已经存在，艺伎洗了香与不香，又怎么样呢？

因为，当我的逻辑学家跟我争论时，我的宗旨是以有无热忱来考察我的国土，只有过分热衷奢靡、忽略面包的时候才出面制止，但我对于使工作显得高贵、有节制的奢华不横加指责，也很少关心这种奢华物的去向，因为它不用于日常生活。心想最好的命运是装饰妇女的云鬓，也胜过去建造愚蠢的纪念物。当然你可以说，纪念物是大众的财物，但是女人要是长得美，也引人注目；纪念物除非是献给上帝的神庙，只是令人目迷五色，不会让人贡献什么。而女人，要是长得美，会得到捐献和牺牲。你给了她什么还欣喜不已。不是她给了你什么。

于是她们在花汁中沐浴。至少，她们成了美的形象。然后吃的是无聊的珍馐佳肴，一根刺就会把她们梗死。她们有了珍珠，又失去了珍珠，珍珠失去不会叫我吃惊，因为这东西不长久也是好事。然后她们听说唱人讲故事，渐生睡意，睡去时不忘在倒下身子的地方选择一个坐垫，其颜色要与她们的饰带色彩搭配相宜。

时而再三，她们追求奢侈的爱情。她们为了哪个青年士兵变卖珍珠，跟他在城里招摇过市，她们看中最英俊、最神气、最潇洒、最阳刚的……

那个天真的士兵经常为此感激涕零，以为得到了什么东西，其实他只是满足了她们的虚荣心，让她们摆谱出足风头。

038　感激的虚荣与牺牲的报偿

这个女人来了破门大骂，她说：

"这是个强盗，恶棍，干尽了坏事。他是人类渣滓。无耻之徒，没一句真话……"

我对她说："你去洗一洗。你满口脏话。"

另一个女人来了高声呼冤，说受到了诬蔑。你不必费心要人家理解你的行动。行动是永远得不到理解的，也没有什么不公正。因为公正追求的是一种空想，空想包含了公正的反面。我的将士在沙漠里，你看到他们多么高尚——高尚，贫穷，晒得又黑又渴。他们在帝国空旷的夜空下，蜷缩睡在沙子上。常备不懈，一有动静就拿起武器。这些人符合父亲的愿望："让他们起来吧。这些人把全部财富放在挎包里时刻准备去死。他们招之即来，在战斗中忠诚慷慨。你们起来吧，我把帝国的钥匙交给你们。"他们守住帝国的大门，犹如天使那么警惕。他们比我的大臣的跟班、甚至大臣本人还要光明磊落。但是如果把他们召回朝廷，他们在宴席上坐不到上座，在候见厅里等待传达，他们这些真正高尚的人，便会埋怨自己这样屈居人后，郁郁不得志。他们说："不被赏识的人才叫命苦……"

而我给他们的回答："被人理解、抬举、感谢、奖赏和发财的人才是命苦。他不久踌躇满志，俗不可耐，不惜用星夜去换取财富。他以前比其他人更富有，更高尚，更了不起。"为什么独来独往的人要去迎合定居者的意见呢？老木匠在木板的光泽中得到工作报偿。而那个人在沙漠的美妙宁静中得到报偿。一旦回来他就只会被人忘怀。他若难受，说明他此前不够纯洁。因为我对你说这句话：帝国建立在人的价值上。那个人是帝国的一分子，他促成树干的壮大。你若为他的利益着想，为了让他真正有所得，把他送回沙漠中去，等待几年就可以享受自己的工作成果。你的那个人将会是一位大人物，跟风平起平坐。而另一个将是一个平庸的商人。

高尚的人，我保护他们。保护他们又是不公正的。千万不要为用词而生气。这些长身子的蓝鱼，你若把它们陈放在海滩上，说它们丑是不公平的。因为这是你的错误，它们生来在水下畅游，在河岸不到的地方是美丽的。沙漠的将官是在城市车道不到、商人绝迹、名利无缘的地方是美丽的。因为沙漠中不存在名利。让他们感到安慰吧。他们若要的话又会成为王。我不会剥夺他们的王国，但我也不会关心他们的苦难。

另一女人来了：

"我是忠诚的妻子，贤惠美丽。我只为他活着。我给他缝制斗篷，医治创伤。我跟他共担苦难。现在他却把时间交给了那个嘲弄他、偷窃他的女人。"

我对她说：

"你不要对男人这么糊涂。谁有自知之明呢？人靠自己走向真理，但是人的精神升华犹如登山。你看见了山峰，以为登上后已到了绝顶，以后又发现其他山顶、其他沟壑、其他斜坡。谁了解自己的渴望？有人渴望听到水流声，为了听到水流声而接受死亡。有人渴望狐狸爬上他的肩头，不顾敌人走去守望在那里。你说的那个女人可能的确是为他而生的，所以他要负起责任。你应该对你的创造负责。他去找她是让她偷窃他。他去找她是让她受他恩泽。他不为一句温柔的话感到欣慰，也不为一句侮辱的话感到失落。多一句温柔的话与少一句侮辱的话已不在计较之列。他以自己的牺牲作为报偿。以她对他说的那句话，以他对她劝的这句话作为报偿。就像从沙漠回来的人，勋章不能报偿他，出于同样的原因，亏待也不会令人失落。当一个人升华、存在、圆满死去，还谈什么获得与占有？你要认为报偿，首先是终于给船松开缆绳的死亡。满载珍宝的人是幸福的！

"而你自己，是你不知道怎样跟上他，有什么要埋怨的呢？"

那时我明白结合的意义，跟集体是多么不同……就是我一刀刺进你身体，盟约还是把我们结合在了一起。

040　说谎的女人哭是因为没有人相信

上帝给我送来了那个花言巧语、口蜜腹剑的女人。我对着她就像对着海上的清风。

"你为什么撒谎?"我说。

她于是哭了起来，简直泣不成声。我对她的眼泪思索。

"她哭了，"我心想，"因为她撒谎时没有人相信。对我来说不是人在演什么喜剧。人不懂喜剧的意义。当然，这个女人要求人家把她当作另一个人。但是这不是叫我折腾的大事。她要做另一个人才是大事。美德，我看到经常装模作样的女人遵守美德，要多于实行美德的女人和因丑陋而有美德的女人。那些人那么希望有美德，被人爱，但是不知道控制自己。或者不如说被人控制——永远不甘心认命。用说谎表示自己是美的。"

玩弄字面的理由永远不是真正的理由。这是为什么我除了说词不达意以外不责怪她们。这是为什么我听了她们的谎言默不作声，怀着沉默的爱不去听语言的声音，而是理解这样做的努力。这是狐狸跌入陷阱后的挣扎。或是飞鸟在笼子里撞得血迹斑斑。我转身对上帝说："主为什么不教她说一种可沟通的语言，因为我听她这么说，不但不爱她，反而要吊死她。然而她的遭遇的确很感人。她在心的黑夜里翅膀渗出了血，她怕我，就像这些小沙狐，我把肉块伸向它们，它们身子颤抖，咬上一口，又把肉拖进洞穴里去吃。"

"大王，"她对我说，"他们不知道我是纯洁的。"

当然，我知道她在我的家里闹得鸡犬不宁。可是上帝的残酷使我像心上中了一箭：

"请帮助她哭出来吧。让她流出眼泪来吧。她没有一点倦意，让她靠在我的肩上感到累吧。"

042　思想包含血腥的疯狂

　　我对他们说："不要对你们的恨难为情。"因为他们曾把十万人判处死刑。那些人在牢房里踱来踱去，胸前挂着牌子，这使他们像牲口，跟其他人有所区别。我去了，走进牢房，叫人把那群人召来。在我看来他们跟其他人并无不同。我听他们，我瞧他们。我看见他们像其他人那样分面包，像其他人那样慌忙围在生病的孩子身边，摇他们，照管他们。我看到他们像其他人一样，孑然一身时感到孤独凄凉，看到关在厚墙中的那个女人开始对另一个犯人动情时，像其他人一样哭泣。

　　我想起了狱卒跟我说的事。有一个犯人在前一天跟人动刀子，又多了一份罪孽，我下令把那个人带来。由我自己审问他。他已经是死神怀抱里的人了，我要探讨的不是他，而是人的不可探测性。

　　因为生命到处都是可以扎根的。潮湿的岩石缝里生长青苔，被沙漠的旱风一吹就死定了；但是藏在深处的种子却不会死，谁敢说不会再泛青呢？

　　我从我的囚犯那里知道大家都嘲笑他。这伤了他的虚荣心和自尊。一名死囚的虚荣心和自尊……

　　我看到他们在寒冷中相互挤来挤去。他们跟地球上的任何羔羊没什么两样。

我召来法官，问他们：

"为什么他们要跟老百姓隔开，为什么他们胸前挂一块死囚牌子？"

"这是司法公正，"他们回答我说。

我想：

"当然，这是司法公正。因为据他们说公正就是铲除与众不同的东西。黑人的存在对他们是不公正的。他们若是工人，公主的存在便是不公正的。他们若不懂绘画，画家的存在便是不公正的。"

我回答他们说：

"我希望放他们出去是公正的。你们仔细想想明白。因为不然他们占领了监牢，在里面称王称霸，必然轮到他们把你们关起来，铲除。我不相信帝国有什么得益。"

这时，思想对我显出血腥的疯狂。我向上帝这样祈祷：

"神是不是疯了，让这些愚蒙浅陋的人那么自信？谁来教他们的不是一种语言，而是怎样使用一种语言？因为把词语进行恶毒的排列，在他们口中就成了毒刑拷打的理由。笨拙、出尔反尔或无效的词语都可以成为有效的刑具。"

同时，我觉得诞生既让我感到天真，又让我满怀希望。

044　鸟的游戏与眼泪的温柔

　　夜晚，我沿着另一道坡下山，那里都是新一代人，没有一张熟面孔，对人的语言已感到厌倦，从他们的车轮声、铁砧声里面已听不到他们心头的歌唱——犹如我听不懂他们的语言，心里也就没有了他们，对于从此与我无关的未来也漠不关心——我觉得自己早已入土。我关在这堵自私的厚墙后面陷于无望，（我对上帝说，主啊，你从我心中退出了，所以我抛弃人。）我想是什么让我对他们的行为感到失望。

　　再也不用为他们清理什么。又为什么把新的羊群赶进棕榈林内？我已拖着长袍在各个房间里转悠，犹如船只陷在汪洋，又为什么再为我的宫殿增添新塔楼？宫殿的每扇门前有七八名奴隶，像柱子似的站着，只要听到我沿着走廊发出长袍的窸窣声，就紧贴墙面让道，为什么还要再养其他奴隶？那些我不用倾听就能听到的女人还给我关在深宫，又为什么还要俘获其他女人？因为她们闭上眼皮，眼睛消失在天鹅绒里，我看着她们进入睡乡……我那时离开她们，一心要登上在星光中荡漾的高楼，从上帝那里接受她们睡眠的意义，因为那时一切也跟着睡了，那些抱怨、庸俗想法、低三下四的心计，这些虚荣随着白日又回到她们的心里，那时她们又要跟她们的女伴争宠，把她从我的心中挤走。（但是我若忘记她们的说话，留下的会是鸟的游戏和眼泪的温柔……）

045 老年的青春异常安详

夜晚，我从那个已无熟人的山坡下山，像已被无声的天使埋入土中。我感到做老人的安慰。成为一棵枝丫繁多的大树，树枝因皮孔和皱纹而坚硬，我的羊皮纸似的手指好像已被时间涂上香料，那么不容易损伤，犹如我自己一样。我想："这么老的人，暴君怎么还能用苦刑的气味——这只是牛奶发酸的气味——来吓唬他，改变他一丝一毫，既然生命对于他已像穿破的斗篷，只剩一根带子还系在身上。我已被安排在记忆中。我的一切异议都已没有意义。"

我也感到摆脱桎梏的安慰，仿佛这身老骨头在无形中已转化成了一对翅膀，仿佛我已脱胎换骨，陪伴着长年寻觅的这位天使在散步。仿佛我脱下了那层蜕壳发现自己异常年轻。这个青春不是来自热情与欲望，而是异常的安详。这个青春是接触到永生的青春，不是迎着朝阳接触到生命喧嚣的青春，它是空间与时间。我觉得终于成长完成后变得永生了。

我也像那个人，他在半路上遇见一个被匕首刺伤的姑娘。他用关节凸出的双臂抱她起来，她像一束落在地上的玫瑰那么凌乱，刀光一闪渐渐入睡，几乎带着微笑把雪白的额头靠在死神有翅膀的肩上，但是他引导她走向平原，只有那里有人将会治愈她。

"我将以我的生命灌输给睡着的美人，因为我对虚荣、愤怒、人的妄想、可能获得的财物、可能降临我身上的苦难，再也不感兴趣，我只对我交换而来的东西感兴趣。在我把肩上的那个人扛到平原上医治时，我变成了眼睛的光芒，纯洁额头上的一绺头发，我若把她治愈后教她祈祷，完美的灵魂使她全身挺直，像根须粗壮的一株花……"

我不包容在我的肉体内，肉体像一块老树皮咯咯作响。我在山坡上慢慢下来时，所有丘冈与平原就像一件广大的斗篷，我的家园内处处灯光闪烁，犹如点缀天幕的星星。我弯下身，像一棵树带着沉甸甸的果实。

048　拒绝遗憾，接受现实的存在

因为我给你带来极大的安慰，也即是不要遗憾什么，也不要舍弃什么。父亲就是这样说的：

"你利用你的过去，犹如你利用你的田野，这里横着一座山，那里流着一条河，你考虑这些存在，自由设计未来的城市。如果这些存在的东西不存在，你创造梦的城市，这轻而易举，因此梦所向无敌。但是容易的同时，也会在任意中失落和融化。你的基座是这一个，而不是另一个，这没有什么好抱怨的，因为基座的价值首先是它的存在，如同我的宫殿、我的门、我的墙。

"哪个征服者在攻占一块领土时，会遗憾这里横着一座山，那里流着一条河？我要刺绣就需要一块底布；要唱歌或跳舞就需要规则，要行动就需要一个依靠的人。

"你若遗憾已有的伤痕，那就像遗憾不存在或不诞生于另一个时代。因为你以前种种只是今日的诞生。就是这么简单。事物要如实对待，不要去移动那些山。它们是怎样，也就怎样。"

050　战士知道用情，情人知道用武

女人对你掠夺是为了她的家。爱情当然是可喜的，使满室生香，泉水叮咚，静默的水壶奏出音乐，还有孩子眼睛里充满夜晚的宁静，一前一后来向你祝福。

但是不要用公式来评定优劣和表示偏爱，分什么战士在沙漠中的威武，和她的爱情的恩泽。因为这只是语言所加的区别。战士在广垠的沙漠献出的爱是爱，懂得爱的情人躲在井边对生命的奉献是对生命的奉献。不然献身既不是牺牲也不是爱的赠予。参加战斗的若不是人，而是傀儡和杀人机器，哪里还有战士的崇高？我看到的只是昆虫的自相残杀。那个体贴女人的人若只是她轿子边上低三下四的小人，哪里还有爱情的崇高？

我只认为放下武器、抚爱孩子的战士是崇高的，敢于战斗的丈夫是崇高的。

这不是从一个真理摇摆到另一个真理，或者前后不一，而是两个真理交融才产生意义。战士知道用情，情人知道用武。

但是夜夜跟你相伴的女人，得到你床头的温情，你是她的宝贝，她会含情脉脉地对你说："我的吻不甜蜜吗？我们的家不温馨吗？我们的夜晚不快乐吗？"你对她一笑表示是的。她说：

"那么留在我身边帮助我。欲望来时，你只要伸出手臂，轻轻一拨我就会像挂满橘子的小橘树向你俯下身来。因为你在远方过的是吝啬的生活，不懂得什么是爱抚。你的内心感情犹如一口淤沙井中的水，流不到使草地滋润。"

不错，你在那些孤独的夜晚，对着某个涌上心来的形象感觉过这些绝望的激情，任何女人在静默中更美。

你以为战地上的孤独使你失去美妙的机会。殊不知，只有缺少爱的时候才学到什么是爱；只有走在引向山顶的巉岩中间，才学到什么是青山绿水；只有在祈祷中得不到回音时，才学到什么是上帝。因为当你的时间已经一去不复返，当你完成了成长后还允许存在，在时光流逝以外施给你的东西，才使你满足而不用担心厌倦。

当然，你可以误解，惋惜那个人在无奈的黑夜中呼吁，认为一切无益流逝的时光，夺走了他的财宝。你可以担忧这种没有爱情的爱情渴望，而忘了正是这种爱情渴望才是爱情的本质。这点男女舞蹈家是明白的，他们可以立即抱在一起，而正是你来我往，若即若离才构成舞蹈的诗意。

而我要对你说，失去的机会才是刻骨铭心的机会。透过牢房墙壁的温情可能成为最大的温情。当上帝不理会的时候祈祷最虔诚。燧石与荆棘可做爱情的沃土。

051　接待朋友的房子怎么也不嫌大

那个人说到自己的小房子很不公正：

"我盖得那么小，也足够接待我所有的真朋友……"

这个患风痛病的人，对人是怎么想的？我若要盖房子接待真朋友，那是怎么也不嫌大的，因为我认识世界上的人，即使那个给我砍了头的人，身上总有什么使他可以成为我的朋友，尽管这部分是那么小，那么容易消失。我们若会区别人，朋友是不难找到的。即使那个对我恨之入骨、要是能够会砍下我头的那个人。不要认为这样说是心慈面软、忠厚老实，因为我依然严厉、刚正、沉默。我的朋友分散各地数不胜数，我若请他们过来，我的家都会坐满。

但是那个人所谓的真朋友，不就是能把钱托付他而不担心被吞没的人——那么友谊只是仆人的忠诚；或者要求他帮助而不会拒绝的人——那么友谊只是求人方便而已；或者必要时会保护你的人。友谊是对人的敬意。我看不起算术！我说的朋友，是指我看到心中有抱负的那个人，他把我认了出来，向我微笑，面对着我开始脱颖而出，即使他今后可能会背叛我。

而那个人，你看到么，他称为朋友的人，是会替他喝下毒酒的人——你怎么要人人都高兴呢？

那个自称是好人的人，却一点不懂友谊。父亲是狠心的

人，他有朋友，知道爱他们，对失望不很敏感，失望是失落的
吝啬。失望是伪善行为，因为在这个人身上有你首先喜欢的这
个品质，若又有了你不喜欢的那个品质，你就失望了，然而你
喜欢的品质又怎么会消失呢？但是你，立即把你爱的或爱你的
那个人，转化成了奴隶，他若没法完成奴隶的任务，你就谴
责他。

　　而另一个人，因为一名朋友把他的这份爱送给他，就把这
份爱转化成了义务，爱的馈赠变成了代饮毒酒和做奴隶的义
务。朋友是不会爱毒酒的。另一个人认为自己很失望，那就不
光彩了。这里说的失望，其实只是失望他不是个侍候周到的奴
隶罢了。

053 教训只是临死时才对本人有用

　　我年轻时等待这个亲人的来临，一支骆驼队从远方护送她过来做我的妻子，路那么遥远，途中都老了容颜。你曾经见过骆驼队衰老吗？抵达我的帝国哨站的人，不知道自己的故乡。因为那些尚能回忆起故乡的人一路上纷纷死去。也一个接一个埋在道旁了。到达我们这里的人心怀的只是回忆的回忆。他们从长者那里学会的歌谣只是传说的传说。驶近来的是一艘在大海中建造、配置绳索的船只。这种奇事中的奇事你经历过吗？那名少女用金银轿子抬了过来，会开口时说的就是"井水"这个词，也知道一口井只是存在于从前幸福的日子里，她说这个词犹如在念一首得不到回答的祈祷，这是因为你有了人的回忆才向上帝这样祈祷。更令人惊讶的是她还会跳舞。这个舞蹈是在燧石和荆棘丛中授给她的，她知道一个舞蹈是一首可以讨国王欢心的祈祷，但是在沙漠中这得不到回答。因而对于直到你过世前的祈祷也是如此，这是一个舞蹈，你跳是为了感动上帝。但是最令人惊讶的是她还具有一切相应的资质。她温暖的乳房像白鸽，用于喂奶。她光滑的肚子给帝国带来孩子。她有所准备的到了这里，像一颗长翅膀的种子飞越大海，从未使她受益的积累使她资质开启。训练良好，妖媚动人；就像你历年的技能，你的行为以及继往开来的知识，只有当你完成后接近死亡时才对你有用，她不但肚子与乳房纯洁无邪，还很少跳起取悦国王的舞蹈，喝过浸润芳唇的井水，由于没有见过花也无从使用插花的艺术；当她成熟完美到我这里时，她只有死亡的份了。

055　爱与占有欲不能混为一谈

不要把爱与占有欲混为一谈，占有欲会带来最大的痛苦。爱其实与世俗的看法相反，绝不会使人痛苦。但是占有的本能会使人痛苦，这是与爱背道而驰的。因为爱上帝，我一拐一拐艰难地走在大路上，首先把上帝的爱带给大家。我决不把我的上帝作为私利。我用他给大家的东西丰富自己。哪个人不觉得受损害，凭这点我认出他是真正在爱。为帝国而死的人，帝国不可能损害他。我们可以说某人忘恩负义，但是谁会对你说帝国忘恩负义？帝国是依靠你的贡献而建立起来的，你若惦念它给你什么回报，那是你怎么会可悲地斤斤计较呢？把生命献给神庙的人，他换来的是神庙，这个人是真正在爱，但是他又会在什么方面被神庙损害了呢？真正的爱开始于你不盼望回报的时候。教导人要爱人人，进行祈祷至关重要，首先因为祈祷是等待不到回答的。

056　不遗憾过去，不梦想未来，注视现在

　　我教你同一个秘密。你的全部过去只是一次诞生，同样，直至今日帝国发生的大事也是如此。你若有什么事遗憾，那你就像那个人那么愚蠢，他遗憾没生在另一个时代或者另一个地方，他长得高了又遗憾不能矮。他充满荒谬的幻想，就会无时无刻不感到失望。过去是一块旧时代的花岗岩，谁用牙齿去啃就是个疯子。今天怎么来就怎么接受，犯不上跟不可补救的事纠缠。不可补救的东西没有意义，这是过去时代的标志。因为不存在达到的目标、完成的周期和终结的时代——除了对于历史学家来说，他们会给你发明这样的分门别类——你怎么知道应该遗憾的是还没有完成的步骤，还是永远不能完成的步骤——因为事物的意义不存在于完成后由定居者享受的积累，而只存在于变革、前进或欲望的热忱中。那个刚被打倒，然而在征服者的靴子下试图东山再起的人，我要说他才是行动的胜利者，胜过那个依仗昨日的胜利像定居者那样享受现成的人，后者已经在走向死亡的路上了。

　　那时，你会对我说，既然目标没有意义，那么我该朝什么方向去呢？我回答你这个大秘密，它掩盖在朴实平常的词语中，我一生中逐渐获得的智慧：准备未来只是建立现在。遥远的形象是自己发明的果实，那些人追求它们，只是在乌托邦、

想入非非中消耗岁月。因为唯一真正的发明是通过不一致的现象与矛盾的语言去解读现在。如果你偏听偏信那些关于未来的废话空谈,你就像那个人以为可以用笔随心所欲发明大柱子建造神庙。因为他怎么遇见自己的敌人?没有敌人他以什么作为依托呢?他根据什么来塑造他的柱子呢?柱子是通过几个世代跟生命发生摩擦而建成的。即使是一个形状,你也发明不了,但是它是在你的使用中逐渐光滑的。大作品和帝国就是这样诞生的。

只有现在的秩序需要整理。讨论这份遗产有什么用呢?对于未来你不需要预见,但是需要开道。

当然,当现在像零件似的提供给你时,你就有工作做了。对我来说,目前这些零星的山羊、麦田、房屋、山丘经过组合,可以称为家园或帝国,我从中汲取的东西是以前不存在的,我说是统一单纯的,因为谁不先认识它,就自作聪明去触动它,就会毁了它。因为我建立现在,犹如当我爬上山顶时,用肌肉的力量在组织景色,让我眺望青色氤氲中的城市像鸡蛋卧在田野的鸡窝里。这并不比看来像船或神庙的城市更真实和更不真实,但是这是另一回事。我用我的权力在人的命运中汲取营养,使自己从容安详。

你必须知道,一切真正的创造绝不是对未来的臆测,对空想与乌托邦的追求,而是在现在中看出新面目,这是从遗产中零星接受的材料的储存,这件事不是由你高兴或埋怨的,因为这跟你一样简单,出生时它们就存在了。

未来，就让它像树一般接二连三长出枝叶。从现在到现在，树将会成长，完成后走入死亡。你不要为我的帝国担忧。自从人在零星分散的事物中认出这张面目，自从我在石头上进行雕塑家的工作，以后，我会在严肃创作中给他们的命运注定方向。从此以后，他们从胜利走向胜利；从此以后，我的游吟歌手有故事可以唱了，因为他们不用礼赞死亡的神，而只需歌颂生命。

请看我的花园，园丁一早就在那里创造春天，他们决不讨论雌蕊与花冠：他们撒播种子。

而你们，丧失勇气的人，不幸的人和被征服的人，我对你们说，你们是一支取胜的队伍！因为你们就在此刻开始，这么年轻是多么美丽。

058　友谊是精神大巡游

朋友，首先是不评判的人。我对你说过，朋友对游民打开他的门，让他的拐杖和棍子放在角落里，不要求他跳舞来评判他的舞艺。如果游民说到外面路上的春天，朋友会在心中感到春天。如果他说到他来的那个村子遭受可怕的饥荒，朋友也会跟着他共同受灾。因为我对你说过，朋友也就是一个人心中向着你的那部分，会为你打开一扇从不向其他人打开的门。你的朋友是真的，他说的一切也是真的，他爱你，即使他在另一幢房子里会恨你。神庙里的朋友，也就是那个由于上帝与我摩肩接踵对面相逢的人，也就是那个向我转过跟我同样的脸、被同一上帝照得神采奕奕的人；因为这时大家是一致的，虽然在其他地方他是掌柜、我是军官，或者他是园丁、我是水手。我超越我们的分歧之上见到了他，我是他的朋友。我可以在他身边不说话，也就是说不用担心我的内心花园、我的山丘、我的沟壑、我的沙漠，因为他不会用脚踩在上面。你，我的朋友，你怀着爱心听到我的肺腑之言，犹如我内心帝国的使者。你好好款待他，请他坐下，听他说话。我们这下都幸福了。但是你哪儿见过我接见大使的时候，怠慢他们或者拒绝他们，就因为他们的帝国地处偏远，走上一千天才走到我的国度，吃的菜肴不合我的胃口，或者因为他们的风俗与我们截然不同。友谊首先

是超越庸俗琐事的休战和精神大巡游。我找不出理由去责怪坐
在我桌子对面的人。

因为你要知道，好客、礼让、友好是人与人的内心交往。
哪一个神若计较信徒的身材与肥胖，我不会涉足他的庙堂；朋
友若不接受我的拐杖，还要我跳舞来评判我的舞艺，我去他的
家里做什么呢？

你在世界上会遇到的法官已经不少。如果要把你性格重
塑，让你心肠如铁，这项工作留给你的敌人去做吧。他们会做
得很好，就像暴风雨考验雪松。你的朋友则是为了接待你的。
要知道，当你走进上帝的圣殿，他不评判你，而是接待你。

063　艺伎的爱情

　　我想到了艺伎与爱情这样的好例子。因为如果你相信他们要的就是物质财富，那你错了。

　　因为通过自己的努力攀登山顶眺望的风景才是美景，爱情也是如此。因为什么事物本身都没有意义，一切事物的真正意义在于形成的构架。你的大理石头像不是一只鼻子、一只耳朵、一只下巴和另一只耳朵的总和，而是把它们组成一体的肌肉组织。拳头握紧才抓得住东西。诗的形象不是星、数字七和井所能分别代表的，而要我用纽带把它们串连，说出水井中七星闪烁，才有点儿诗意。当然要形成连接需要有连接的东西。但是它的力量不是在东西上。给狐狸设陷阱，不单是一根绳、一个坑、一只网，而是巧妙组合，这是创造工作，你听到狐狸的叫声，因为它给逮住了。同样我，歌手，或雕塑师，或舞蹈家，就知道怎样让你跌入我设下的陷阱。

　　爱情也是如此。从艺伎那里你能得到什么？只是在征服绿洲以后的肉体休息。因为她对你无所求，也不需要你有所求。当你盼望飞回到你的爱人身边，睡在你心中的天使经你的催促醒来，这时你对爱情产生感激。

　　区别不在于难与易，因为你爱的那个女子，她若爱你，你只需张开双臂拥抱她。区别在于无私赠予。因为艺伎不可能无私，既然你带给她的东西，首先在她看来只是一件贡品。

如果有人要你奉献贡品，你就要讨论是重是轻。然而这里谈的却是所跳的舞的意义。士兵到了晚上口袋里揣着菲薄的饷银，纷纷来到城里的烟花巷，必须精打细算使用，讨价还价。像买粮食一样买爱情。粮食吃饱了，以便在沙漠中进行新的进军，爱情买到了，情绪平静也可忍受孤独。但是他们都成了店铺老板，感觉不到些许热忱。

为了满足艺伎，必须比国王还富，因为你带给她的东西，首先她并不领情，还对自己的成功洋洋得意，从你这里得到勒索以后还夸耀自己多么能干美丽。对着这个无底洞，你就是填上一千支骆驼队的黄金，还不像给过什么。因为需要有个人才能接受。

这是为什么，我的武士到了晚上，手放在耳背抚摩他们俘获的沙狐，幻想中给了小野兽什么，它若走来蹲在他胸前，真是感激涕零。

但是在烟花巷里，你能给我找出一名艺伎，她会感到需要你而靠着你的肩膀？……

064 为之而死的东西叫人为之而生

于是我的帝国里住下了掠夺者。因为没有人想到再去创造人。表情生动的面孔不再是面具，而是一个空脑壳的盖子。

因为他们做的就是对生命的破坏。从今以后，我在他们身上看不到什么值得为之而死的、也为之而生的东西。因为你同意为之而死的东西，也就是你能够为之而生的东西。他们摧毁古老建筑，高兴听到神庙轰然坍塌。可是这些神庙，如果坍塌，交换不来什么。他们摧毁自己的表现能力。他们摧毁人。

就好比某人不知道什么是欢乐。因为首先他说的"村庄"，也必须包括它的必要的因循守旧、风俗、礼仪。一座热忱的村庄是由此而来的，在这以后他混淆了意义。对于慢慢形成的传统结构，他并不以此为乐，而是沉湎在积蓄中享受现成，犹如在欣赏诗篇。这种希望是徒劳的。

这样，把人看作伟大的那些人，就愿意人享受自由。因为他们看到限制会打垮坚强的人。是的，敌人造就你，同时也限制你。但是失去敌人，你甚至不能诞生。

那个人也相信享受积蓄带来的欢乐。只是品味春天。但是你像一株植物那样品味它，春天的魅力是不大的。就像你等待一张脸让你心花怒放，爱情的魅力也是不大的。因为带给你体会的作品首先来自痛苦，你若不在以前遭遇过历经磨难的离别、劫数难逃的厄运，心中怎么留得住相思与苦难者的哀歌呢？

谁曾长时间朝着黎明茫然划桨过去，就会唱苦刑船的哀歌；谁曾在沙漠里口渴，就会唱看不见井的哀歌。你若没有痛苦，就什么都不会得到，因为你的心是空的。

村庄就不会是那样的诗篇了，让你可以不拘礼节坐到热腾腾的晚餐汤前，得到大家的情谊，闻到放牧归来的家畜的气味，共享节日广场上的篝火——因为节日不在其他事上反响，会在你心中引起什么共鸣？若不联想起奴役后的自由，憎恨后的爱情或失望后的奇迹，你不比你的一头牛更幸福或更不幸福。但是你心中的村庄是慢慢建成的，为了达到目前的状况，你曾经慢慢攀登过一座高山。因为我用我的仪式与习俗，还要通过你的牺牲、义务、义愤、谅解、与众不同的习惯塑造了你——一座幽灵村庄绝不会使你今晚心里充满歌声——不然太容易做人了——这是一种慢慢学会的、最初你还对它拒不接受的音乐。

但是你，走进这座村庄，你高高兴兴承袭这些习俗，因为这可不是娱乐与游戏，你若嬉笑对待，没有人会再相信你。也就不会留下什么。对他们如此，对你也如此……

066　奉献自己去完成就是祈祷

于是我想到了东西的精致问题。这一片营地的人生产的陶器美丽悦目，另一片营地的人生产的陶器丑陋难看。我在事实面前明白了，生产美丽陶器没有成文的法律，不是依靠学费，也不通过比赛与颁奖所能取得的。我还看到有人工作雄心很大，但是不是追求作品的质量，即使整夜不倦工作，创造出的作品立意夸张，平庸繁琐。因为事实上他们的不眠之夜，完全是在贪利、尚奢和求荣的心态中度过的，也就是说他们是为自己工作，不是为上帝在交换，不是去交换一件可以令人想到上帝的牺牲与形象的东西，在那样的创作中，皱纹，叹息，眼皮沉重，和泥太多导致两手发抖，熬夜工作后的满足，以及激情过后的疲惫都搅混一起。我只知道一种丰硕的行动，那就是祈祷，但是我也知道一切奉献自己去完成的行动，也就是祈祷。你像鸟，筑自己的窝，窝是温暖的；像蜜蜂酿它的蜜，蜜是甜的；像那个人，出于对陶罐的爱，也即是用爱、用祈祷在制作他的陶罐。一首为了出售而写的诗，你能相信这是诗吗？诗若是商品，那就不是诗。陶罐若是参赛品，那就不是陶罐，不是上帝的形象。它只代表你的虚荣的俗念。

068　妓女甘心自己的命运

　　人的另一个真理在我看来是显而易见的，也就是幸福对他不意味什么，就像利益也不意味什么。因为唯一推动他的利益只是按照禀性长久存在。富人要富有，水手要航海，偷猎者要在星光下窥伺。但是轻松安全的幸福，我看到很容易被大家抛弃。在这座黑黝黝的城市里，在这条流向大海的阴沟里，父亲突然对妓女的命运起了怜悯之心。她们像发白的油脂那样腐烂，也在腐烂那些旅客。他派军人去抓了几个回来，就像捉昆虫那样研究昆虫的习性。巡逻兵踱步在这座堕落城市的渗水墙头之间。偶尔从一家肮脏的小店，流出发馊像油脂的厨房污水，士兵看到那个妓女坐在凳子上等待，一盏灯照着她，苍白悲哀，像淋在雨里的一只灯笼，笑容却像一道伤疤，挂在一张麻木呆板的脸上。她惯常唱一支单调的歌，吸引路人的注意，犹如软体水母，喷汁设下陷阱。沿街都有这类悲伤的曲调。当男人受到诱惑，门在身后关上一会儿时间，爱情在最简陋的环境中消费，曲调暂时中止，代之以苍白魔女的短促喘息与士兵的僵硬沉默，他向这个幽灵购买不再思念爱情的权利。他来消除自己对此的苦相思，因为他可能向往棕榈树与微笑的姑娘。逐渐地，在远征途中，棕榈树林的形象在他的心中形成一片浓荫，不堪忍受。流水发出残酷的潺潺声，姑娘的微笑，薄衫下温暖的乳房，隐约可见的娉婷身影，流畅雅致的动作，这一切都灼痛他的心，愈来愈厉害。这是为什么他花掉菲薄的饷银要来烟花巷驱除他的幻念。当门再度打开时，他不敢正视其光芒的宝藏黯然失色了几小时后，他又回到了人间，恢复自我，狠巴巴，看不起别人。

士兵抓了几名妓女回来，关押所的灯光照得她们睁不开眼睛。父亲指指她们对我说：

"我来告诉你，我们首先是受什么控制的。"

他下令给她们穿新衣服，把每个人安置在一幢有喷泉的凉爽房屋里，叫她们学做精致的花边刺绣。他付她们的报酬是以前赚的两倍。然后他又撤销对她们的监视。

他对我说："这些沼泽地上可怜的白沫，如今可以幸福了吧。干净、安宁、有保障……"

可是她们接连失踪，又回到污水坑里去了。

"因为，"父亲对我说，"她们痛哭失去了原有的卑贱生活。这不是愚蠢地爱过卑贱生活不思幸福，而是人首先是受自己的禀性牵引的。金屋、花边刺绣和新鲜水果可以意味安逸、游戏和休闲。但是她们不能够以此生存，她们厌倦。如果它不是作为赏心悦目的景观，而转变成为心连心、义务与要求的网络，过光明、干净和有花边的生活，需要很长的学习期。她们只会接受但是从不给予什么。这些沉重等待的时刻，并不嫌其苦涩，而是正因为其苦涩，她们割舍不得，目光落在黑色门框上。黑夜的礼物——顽固，充满仇恨——随时会出现在那里，她们割舍不得那种轻微的眩晕,像中毒似的使她们昏昏沉沉,那时士兵推开门,瞧着她们,就像瞧着追捕的野兽,眼睛盯着它的咽喉……因为有时候其中一名士兵在其中一名妓女身上捅上一个窟窿,就像把匕首扎进羊皮囊,顿时声音全无,为了在硬石或瓦片之下找出她们赖以生存的几块银钱。

"她们舍不得污秽的陋屋,当烟花巷根据当局命令打烊以后,她们就可以聚在一起,喝她们的茶,或计算赚的钱,她们彼此谩骂,看淫秽的手上的掌纹预示未来。可能占卜时向她们预测跟更高尚的人住同样的房屋,还有这些盘绕墙面上的花草。这幢梦之屋的美妙之处,在于不是自己住,而是另一个变化了的自己住。会改变你人生的旅行也是如此。我若把你关进这座宫殿,你在里面还会抱着昔日的欲望、昔日的怨恨,昔日的失意,你若是个跛子,你在那里还会跛着脚走路。因为不存在使你脱骨换胎的神奇方子。我只能使用大量约束和磨难慢慢迫使你蜕变,最终成为另一种人。但是那个女人在这个单调纯净的环境中醒来,打哈欠,因为再没有任何冲击威胁;有人敲门时,缩着头没有目标;若还有人敲门,同样毫无目标期望,因为黑夜再也不会送来礼物。由于再也不会在恶浊的夜里疲惫,也就感不到晨光带来的解放。她们的命运今后可能会有好转,但是她们也因此没有了根据不同的预言每夜变化的命运,靠这样在未来过上好日子。现在她们就不再知道针对什么勃然大怒:怒火是乌七八糟生活的产物,但还是不由自主地涌上来,就像从海边捡回来的动物,在涨潮时刻还是会长时间疼挛。当怒气上涌时，她们再没有对之吼叫的不公平，一下子像那些死了婴儿的母亲，奶水再上来也毫无用处了。

因为人——我要对你说——寻找的是自己的禀性，而不是自己的幸福。

069　工作让人进入世界

于是我又想起了节省时间的形象，因为我问：“是为了什么？”另一人回答我说：“为了文化。”仿佛文化可以是空洞的操练。好比说她喂孩子，打扫房屋，做针线活。有人让她摆脱这些奴役，从此她不用操劳，孩子有人喂养，房屋有人打扫，针线活有人做。现在她节省的时间，必须用其他什么来填满。我要她听喂奶的歌，喂奶就成了一首赞美词，要她听房屋的诗，房屋紧贴她的心。但是现在她没有参与其间，听到就打哈欠。犹如山对你来说，是对荆棘、滚石、山顶狂风的体验；如果你从来没有离开过你的轿子，我说“山”这个字，不会引起你任何联想；如果她没有把时间与热忱倾注在家上，我跟她谈到家也不会有任何回应。当别人日出时迎着阳光打开门，清扫上面的积尘，她就不会领会飞尘的游戏；晚间，脚步轻轻留下的痕迹，托盘上的汤盆，炉子里熄灭的炭火，甚至熟睡孩子的脏尿布——因为生活是琐碎和美妙的——她也不能应付生活造成的混乱。她不再随着太阳起身，每天使自己的家焕然一新，就像小鸟，你看到它们在树上用灵活的嘴把羽毛梳理光泽；她不再把什物布置成一时的尽善尽美，好让日常生活，一日三餐，孩子喂奶和游戏，丈夫回家在蜡版上留下印迹。她不知道黎明时家是一团面，到了傍晚是一篇回忆。她从来没有准备过那张白纸。你跟她说家对她有一种意义，她又听进去什么呢？你若要给家创造生气，就把一只发乌的铜壶擦亮，让它整个白天在暗影里发光；要使女人成为一首赞歌，就要慢慢给她创造黎明时需要重建的家……

不然，你节省下来的时间没有任何意义。

妄图区分文化与工作的人，是个疯子。因为人先是对工作厌恶，工作成了他生命中的死肉，然后又对文化厌恶，文化成了没有保证的游戏，就像你掷出去的骰子，如果不牵涉你的财产，不滚动着你的期望，那就毫不叫你动心。其实不是在玩骰子的游戏，而是在玩你的牛羊群、牧场或者金银财宝的游戏。这就像玩沙堆的孩子。在他眼中这不是一把土，而是要塞、山岭或船只。

当然，我看到过人高高兴兴地休息。我看到过诗人在棕榈树下睡觉。我看到过武士在妓女家里喝茶。我看到过木匠在门廊下享受傍晚的清福。是的，他们好像满心喜悦。但是我对你说：这正是因为他们跟着人一起而累了。一名武士在观舞听歌。一名诗人在草地上耽想。一个木匠在观赏夜色。他们是在别处完成自己。他们每个人生活中的最重要部分还是工作的那部分。因为建筑师，当他促使神庙从平地拔起，而不是玩骰子时，他是一个人，豪情满怀，发挥他的全部意义；建筑师是这样，其他人也是这样。从工作中节省的时间，如果不是单纯的休闲，工作后松弛肌肉，思考后安定精神，那只是死的时间。你把生命分成了不可接受的两部分：一部分是工作成了你不愿全心全意去干的苦活，一部分是无所事事的休闲。

谁欲使雕镂师放弃对雕镂的信念，让他们去干不会滋养心灵的行当，以为提供他们别处生产的雕镂品，也使他们做上了人，谁就是个疯子，好像文化是谁的身上都能披的斗篷。好像雕镂师与文化生产者是不同的。

而我要说的是，对于雕镂师只有一种形式的文化，这是雕镂师的文化。它不是别的，只是完成自己的工作，表现自己工作中的劳苦、欢乐、磨难、恐惧、高尚与艰辛。

因为唯一重要的，能够创造真正诗篇的，是这部分使你投入身心，感觉饥渴，关系孩子的面包和正义伸张与否的这部分生活。不然，只是游戏、生活的漫画和文化的漫画。

……

只有孩子在沙堆上插上一根棍子，把它变成王后，产生爱慕之心。但是如果我要用这样的方法去提高人，以他们的感受去丰富人，我就必须把这根棍子当作一尊偶像，强加于大家，逼迫他们献祭，这会叫他们做出牺牲。

这时，游戏就不再是游戏。棍子就会见效。人就会唱出恐惧与爱的赞歌……

工作迫使你接受世界。耕地的人会遇到石头，对天上的水抱着戒心或充满期望，这样与人交流，会扩大襟怀，心明眼亮。他走一步就会发出回响。就像祈祷和祭礼规则，由不得要你跟着去做，要你诚心诚意还是三心二意，内心和平还是悔疚在心。就像父亲的宫殿，它要求那些臣子做这样的人，不再是一头畸形的牲畜，走来走去没有什么意义。

070　囚禁的舞姬及其舞蹈的意义

帝国的士兵抓来那名舞姬，当然首先是个美人。美丽而内心神秘。在我看来，认识她犹如认识了保留地、无声的原野、高山的黑夜和狂风中穿越沙漠。

"她是存在的，"我心想。但是我知道她由异域的风俗习惯培养的；到了这里在为敌人的事业效力。可是我的人逼她打破沉默时，只是换来她凄凉的微笑，天真得叫人深不可测。

我首先钦佩人心中抗拒火的毅力。人世小丑，虚荣自满，你自怜自爱，仿佛自己是个什么人物。但是只要一名屠夫和一点贿赂，就会叫你把秘密和盘托出。因为你没有骨气。那个胖大臣傲慢自大，叫我反感；他曾经阴谋害我，但是经不住威胁把同谋出卖给了我，吓得浑身淌汗，供出他的阴谋、信仰、恋情，在我面前把心计披露无遗。——因为有的人在徒有其表的架子下一无所有。当他把坏事推诿在同伙身上起誓表忠时，我问他：

"谁使你有今天的？为什么挺着这只大肚子，眼睛朝天，抿紧嘴唇，不拘言笑？既然背后空空的，为什么摆出这副架势？人的内在要大于外表。而你却舍不得抛弃一身松弛的赘肉、晃动的牙齿、臃肿的肚子，而把它们应该为之服务和你自以为信仰的事业出卖了！你只是一个臭皮囊，装满了无聊的废话……"

那个家伙，被屠夫打断骨头时，又叫又闹，丑态毕露。而那个女人，受我威胁时，在我面前略微施个礼：

"我遗憾，大王……"

我注视她，没有再说什么，她害怕了。她已脸色苍白，更慢地又施个礼：

"我遗憾，大王……"

因为她想到她必定要受苦了。

"你想想，"我对他说，"我是你生命的主人。"

"大王，我尊敬您的权力……"

她神色庄重，由于携带一项秘密使命，为了忠诚冒生命的危险。

因此她在我的眼里成了藏有一颗金刚钻的圣物柜。但是我要对帝国尽责。

"你的行动死有余辜。"

"啊，大王……（她比在爱情中更苍白）……当然这是公正的……"

我体察人情，明白她思想深处没有说出来的话："可能不是因为我死是公正的，而是我心中的东西保存了下来是公正的……"

我问她，"你心中的东西比你年轻的身体、明亮的眼睛更重要吗？你以为是在保护心中什么，其实你一死心中就什么也没有了……"

她表面上一怔，因为一时找不到话回答我：

"大王，可能的，您说得对……"

但是我感觉，她说我有理只是在言辞上，因为她不知道如何用话来辩护。

"你认输吧。"

"是的，原谅我吧，我认输了，但是不会说话，大王……"

我瞧不起意志受论据左右的人，因为词语应该表达你的意思，不是左右你的意志。它们指出什么，而不包括什么。但是她不属于听了一阵空话会打开灵魂的人。

"大王，我不会说话，但是我认输……"

我钦佩那样的人，通过词语，即使相互矛盾的词语，依然保持原有本色，就像船头，不论如何风急浪高，对准自己的星星驶去不改变方向。因为这样我知道那个人往哪儿去，但是那些固执于自己的逻辑的人，跟随自己的词语，像小毛虫那样扭动身子。

我长时间盯着她看，我问她：

"谁把你训练成这个样子的？你从哪儿来？"

她微笑没有回答。

"你愿意跳舞吗？"

她跳了起来。

她的舞蹈美妙动人，既然她心中有某个人，这对我也就不足为奇了。

你曾经从山顶上俯视过大河吗？河水在这里遇到了岩石决不冲击，而是绕过。流到远处才利用一个斜坡泻落。到了这片平原上迂回曲折，势头衰颓下来，再也不能奔海而去了。再过去，又躺在湖里睡着了。然后它又把这条支流往前伸，直得像支剑似的插在平原上。

我就是喜欢舞姬的舞姿铿锵有力。舞到这里戛然而止，然后又舒展自如。刚才还是嫣然一笑，现在又像在狂风中闪忽的火焰，摇曳欲灭。现在她轻快得像在一个看不见的山坡上滑行，后来又减慢速度，举步艰难，像在爬登山坡……因为舞蹈是贯穿生命的一种命运与步伐。要我被你的步伐打动，我希望你朝着某个东西去奠基和鼓动。你若要跨过激流，激流又阻挡你前进，那时你舞蹈。你若要追求爱情，你的情敌阻挡你前进，那时你舞蹈。你若要人死，就有剑的舞蹈。还有燕尾旗下的帆船舞蹈，如果这艘船为了到达它正侧着船身朝之驶去的港口，它必须在风中利用和选择那些看不见的转弯。

你必须有敌人才能舞蹈，如果没有人在你面前，哪个敌人会跳起他的剑之舞向你表示敬意呢？

可是，舞姬双手捧脸，在我心中引起凄恻之情。我看到的是一副面具。因为有的定居者装腔作势，脸上也露出虚假的痛苦，但是这是空盒子的盖子。因为你若什么都没有接受，就什么也没有。但是这一位，我承认她是一份遗产的保管人。她内心有这个足以抵抗屠夫的硬核。我磨盘的重量是不足以使它滴出秘密之油的。人为之死亡的保证，也使人为之舞蹈。因为赞歌、诗、或祈祷会使其外表与内心美丽的人，才是人……

073　梦的诞生，黑色花岗岩的沉默

于是我有了对死亡的钟情：

"请赐给我厩棚的安宁，"我对上帝说，"整齐的什物，收割的庄稼。我已完成了转变，就让我存在吧。心经过多次丧葬，我已累了。我已太老了，不会再度枝叶茂盛。朋友和敌人一个个先后离去，无所作为的苦命路看得一清二楚。我曾经远走，又回来了；我观察，又发现人围绕在金牛四周，不是利欲熏心，而是愚蠢。今天出生的孩子，对我比没有宗教的野蛮人还陌生。我内心都是无用的宝藏，像一首再也无人听懂的乐曲。

"我带着樵夫的斧子走进森林开始我的作业，听到树木的赞歌陶醉了。那么应该关在一座塔里才是正理。但是现在我把这些人看得太透了，我累了。

"主啊，向我显灵吧，因为失去对上帝的感受，一切都无情。"

兴高采烈以后我做了一个梦。

我是个征服者凯旋入城，群众举着繁花般的小旗四处奔走，在我经过时又喊又唱。鲜花铺出一条道路恭迎我们。但是上帝却让我感到一份悲情。我好像当了一个虚弱民族的囚徒。

因为给你荣耀的群众首先让你感到那么孤独！给你的东西也会离你而去，因为他人与你之间唯有上帝之路相通。跟我一起匍匐祈祷的人才是真正的伙伴。我们融入同一尺度，是在同一株穗上做面包麦粒。但是那些崇拜我的人使我的心成了荒漠，因为我不会去尊敬错爱我的人，我不能同意这种自我欣赏。我不会接受香火，因为我不会根据其他人的看法来评论自己。我对自己累了，背着身子很重，必须轻装才能去见上帝，而那些向我烧香的人使我悲哀和荒芜，当口渴的人俯在井边，面对的会是一口枯井。我既不能奉献有价值的东西，匍匐在我面前的人也不会使我得到什么。

因为我首先需要的是朝大海敞开的窗户，而不是让我顾影自怜的镜子。

这群人中间，只有死人，再不为虚荣而纷争，在我看来充满尊严。

这时我做了一个梦，令我厌烦的欢呼声，像空洞的声音，再也不能给我教益。

一条陡峭打滑的小路俯视大海。暴风雨已经过去，黑夜像装满的羊皮囊滚动，我顽固地往上走，去问上帝事物的道理，向我说明人家企图强加于我的交换会走向哪里。

但是到了山顶，我只发现一块沉重的黑色花岗岩——这就是上帝。

"这就是他，"我心里说，"不可动摇，铁面无私。"因为我还希望不要陷于孤独。

"主啊，"我对他说，"告诉我怎么办。我的朋友、同伴、大臣，对我只是一些会发声的傀儡。他们在我的掌握中完全听我的吩咐。叫我痛苦的不是他们对我的服从，我的智慧传输给他们也是一件好事。而是他们变成了镜子的反影，使我比麻风病人更加孤单。我笑，他们也笑。我不说话，他们脸色阴沉。我会说的话，他们听了，就像风钻入树林中。完全是我在说而他们在听。对我来说没有交流，因为在大殿上只听到自己的声音，像在神庙中传过来冰冷的回声。爱为什么叫我害怕，这种只是自我重复的爱，又能给我带来什么呢？"

但是这块雨水淋漓发光的花岗岩对我来说深不可测。

"主啊，"我对他说，"邻近一棵树上停着一只黑乌鸦，我知道主是不开口的。可是我需要一个信号。我做完祈祷，你命令这只乌鸦飞起。这就像别人对我眨一下眼睛，我在世上就不再孤独一人了，即使这是一句含糊的知心话，我也与你沟通了。我不要求其他，除非还可能有什么需要我明白的。"

我观察乌鸦。但是它依然一动不动。这时我朝着石壁鞠躬。

"主啊，"我对他说，"你肯定是对的。主绝不应听从我的指令。乌鸦要是飞了起来，我会更加悲哀。因为只有同类才会给我信号，我若收到还是从我而来的，依然在反映我的欲望。我又一次遇到自己的孤独。"

因而，躬身下拜以后，我又从原路走回。

但是我的失望被一种意料不到、异常的恬静代替。我陷入路上的泥泞，被荆棘扎破皮肤，跟打在身上的狂风搏斗，可是内心则产生一片光明。因为我什么事都不知道，但是有什么事我可以知道的，无不叫我恶心。因为我从来没有接触过上帝，但是让人接触的神就不是神了。他也不会顺从我的祈祷。生平第一次，我感应到祈祷的伟大在于它不要求回应，在这种交流中不存在一点做买卖的不正之风。学习祈祷，也是学习沉默。只有不希冀好处才是爱的开始。爱首先是练习祈祷，祈祷是练习沉默。

074 船使海面生出朵朵浪花

因为我看见过他们掺和他们的黏土。他们的女人过来，碰碰他们的肩膀，这是开饭的时候。但是他们支开她回到盘子旁，自己专心干工作。然后夜来了，在苍白的油灯下，你又见到他们在黏土上努力寻求一个他们还说不出来的形式。热忱的人很少会舍得放下的，因为作品离不开他们，就像果子离不开树。他们是满含液汁的树干，给作品滋养。果子没有成熟从树上脱落以前他们也不会放下作品的。当他们不遗余力做的时候，你哪儿会看到他们在乎赚钱、荣誉或作品的最终命运？他们在工作的那一个时刻，既不是为商人，也不是为自己工作；而是为这只陶罐以及柄子的弯度工作。他们熬夜是为了一个意象，这个意象逐渐使他们的心感到满足，就像尚在腹中的胎儿蠕动，使妻子油然产生了母爱。

我召集你们来，是使大家都来为我建造在城池中心这只大陶罐出力，使它成为神庙的沉默的殿堂，殿堂升高时，就会包含你们的一份力量，你们就会爱它，这有多好。我敦促你们为一艘今后要下水的帆船建造船体、甲板和桅杆，这有多好。然后在一个晴天，就像在婚礼之日，我给它挂上风帆做婚纱，献给大海。

那时你们的锤子声就是赞歌，你们的汗水与喊号声就是热忱。你们给船下水则是一桩神迹，因为你们使海面生出朵朵浪花。

075　无穷分歧的统一

　　这是为什么爱的统一，我把它分割成不同的柱子、拱顶和动人的雕塑。因为统一若由我来说，可以予以无穷的变化。你没有权利为此反感。

　　只有来源于信仰、热忱或欲望的绝对性是重要的。因为船只往前行驶是统一体，必须有与之配合的人，他磨凿子，他用带泡沫的海水洗甲板，他爬桅杆或给木板上油。

　　那时候这种凌乱使你难受，因为你觉得大家要是摆出同样的姿势，往同一个方向拉，会更有力量。但是我回答，拱顶石对人来说不是处于视觉可见的支撑点上。它必须升高才能发现。同样你不能责怪我的雕塑师，为了达到要义和掌握要义，简约到了极致，而且使用一些符号如嘴唇、眼睛、皱纹和头发，因为他必须有一张网的结构才能捕捉猎物——由于网，你若不是近视和鼻子凑得太近，心中自会产生某种忧郁。这是统一体，使你变成另一种样子——同样不要责怪我一点不操心我的帝国内存在某种凌乱。因为人的这种协作，也就是使权枝分开生长的树结；我首先希望达到的和使我的帝国产生意义的这种统一，你必须远离几步才会发现，要不你看到水手往不同方向拉缆绳就会莫名其妙。你会看到的是船在海面上行驶起来。

　　相反，我若向我的人传递乘风破浪的这份爱，他们每个人心中有了分量向前倾斜，那时你会看到他们自有千百种特长各显其能。这一人织布，另一人在林子里斧光闪闪砍树。另一人锻打铁钉，别处还有其他人观察星辰为了学习治天下的才略。这些人形成统一体。造船，这不是织布、锻铁、观察星辰，但是诱导你对海钟情，这是统一体，按此来说，就不再有什么矛盾，而是爱的同心协力。

这是为什么我总是寻求合作，向敌人张开双臂，为了他们使我提高，知道到了一定的高度，战斗对我有点儿像爱情。

造船以前不会对造船有面面俱到的认识。因为由我个人独自绘制船只图纸，内容分门别类，我就抓不住重点。一切在实施时就有变化，其他人可以专心去做这些设计，我不必知道这艘船的每枚铁钉。但是我必须鼓动每个人奔向海的欲望。

我愈是像树木那样长大，愈是叶茂根深。我的大教堂是统一体，踌躇不安的人雕塑一张悔恨的脸，另一个知道快乐的人乐于雕塑出一抹微笑。抗拒我的人抗拒，忠诚的人继续忠诚。不要责备我接受了混乱与无纪律，因为我唯一承认的纪律是心的纪律，这是一切的统率；当你们进入我的神庙，神庙肃穆一体叫你们吃惊，当你们看到并排跪着信徒和拒绝入教的人，雕塑师和磨砂工，学者和凡人，快活的人和悲伤的人，不要对我说他们是不和谐的例子，因为他们在根本上是一体的，神庙通过他们而成为神庙，因为通过他们找到了一切对它是必要的道路。

但是创造表面秩序的人错了，不知居高临下去发现神庙、船只或爱，不思建立真正的秩序，而是强加一种官吏的纪律，每个人往一个方向拉，跨出同样的步子。如果你的每个臣民都像其他臣民，你一点也没有达到统一，因为一千根一模一样的柱子只产生一种愚蠢的镜子效果，而不是一座神庙。你的行动完美无缺，因为它把一千名臣民屠杀得只剩下一人。

真正的秩序是神庙。建筑师的心灵活动，像树根连接五花八门的物资，为了求得统一、持久和强大，必须维护物资的五花八门。

一个人不同于另一个人，一个人的语言有异于另一个人的语言，一个人的愿望与另一个人的愿望背道而驰，不要生气，还应该高兴，因为你若是创造者，你建造的一座神庙，目标更远大，将成为大家的公度。

但是谁把神庙拆散，按照尺寸把石块前后排列，自以为是在创造，我要说这样的人有眼无珠。

077　清水与醇酒，两者不可掺和

这是为什么我要说，我同时拒绝姑息与排斥。我不是拒不妥协，也不软弱或随和。我接受人包括他的缺点，可是对他不讲情面。我不把我的对手看作我一切不幸的见证人和替罪羊，不妨把他在广场上烧得尸骨不剩。我完全可以接受我的对手，可是我又拒绝他。因为水新鲜可口。纯酒也醇厚。但是掺在一起我则让阉割的人下咽。

世上没有人是绝对错的。除了那些人，他们推理、论证、示范，使用一种没有内容的逻辑语言，那就不错也不对。但是，那些人如果自负得不得了，发出一种简单的声音就会让大家长期流血。那样的人，我干脆把他们跟树分离。

但是这样的人是对的，他同意毁灭自己这身皮囊，而拯救藏在皮囊里面的积存。我对你说过这话。保护弱者，支持强者，这是令你困惑的难题。事情可能是你支持了强者，于是你的敌人保护弱者来反对你。这样你们会被迫投入战斗，为这一方拯救主张以怨报怨的政客的腐化特权，为另一方拯救用鞭子戕杀人性的奴隶主的残酷特权。生活向你建议赶紧使用武器解决这些分歧。因为这是任何敌人没法平衡的一种思想（像野草那样疯长），变成谎言，侵蚀世界。

这一切取决于你的良心，良心的领域是极其微小的。同样，当某个偷庄稼的人袭击你，你不可能同时思考斗争策略，又感觉拳头落在身上，同样你在海上也不可能同时害怕船只下沉和巨浪翻滚，害怕的人不会呕吐，呕吐的人不会想到害怕；同样若有人用一种清晰明白的新语言帮助你，你不可能同时思考和体验两个针锋相对的真理。

078　创造者不出现在他的创造物中

走来向我指手画脚的，不是我的帝国的几何学家，他们只剩了一个，况且也已经死了；而是一大群几何学家的评论员，这样的人何止成千上万。

当那个人建造一艘船，他绝不去关心铁钉、桅杆、甲板，而是在军营里关进了一万名奴隶和几名带了鞭子的武夫。船只雄伟壮观。我还没见过哪个奴隶吹嘘自己征服了大海。

但是当那个人创造了一道几何题，他绝不关心把它前因后果推算到底，因为这项工作超过他的时间和力量，他于是动员一万名评论员，他们修正定理，探索肥沃的道路，采摘树上的果子。但是因为他们不是奴隶，没有鞭子催促他们，也就没有一个人自以为跟那个唯一的真正几何学家并驾齐驱。因为首先他明白这一点，其次他丰富自己的作品。

但是我知道他们的工作是多么可贵——因为精神的收获也是必须进仓的——但是也知道混淆他们的工作与创造很可笑，创造是人的无偿、自由和不可预见的行为，我要让他们保持相当距离，怕他们骄傲自满来跟我平起平坐。我听到他们私下低声埋怨。

然后他们说话了：

"我们以理智的名义提出抗议。我们是真理的传教士。你的

要 塞 | 135

律法是另一个神的律法，他不及我们的神那么可靠。你有你的武士护驾，这批身强力壮的人可以把我们压垮。但是我们即使关在你的地牢里也有理由反对你。"

他们说着，猜到不会激起我的怒火。

他们彼此看一眼，对自己的勇气很满意。

而我在想，唯一真正的几何学家，以前每天是我的座上客。偶尔夜里无法入睡，我就走到他的帐篷里，虔诚地脱去鞋子，我喝他的茶，体味他的智慧之蜜。

"你，几何学家……"我对他说。

"我首先不是几何学家，我是人。当我不受睡眠、饥饿或爱情这些更紧迫的事控制时，偶尔想到几何学罢了。但是今天我已老了，你无疑是对的：我就只不过是个几何学家罢了。"

"你是个面对真理的人……"

"我只是个像孩子那么探索、寻找一种语言的人。真理没有在我面前显现。但是我的语言对大家来说，简单得就像你的山岭，他们自己把它看作他们的真理。"

"几何学家，你这人愤世嫉俗。"

"我多么愿意在宇宙中发现一件神圣外衣的踪迹，在自己的身外接触到一个真理，就像一个长期不为人知的神，我多么喜欢拖住他的衣角，拉下他的面罩，看一看真理。但是我发现除了自己以外并没有其他东西……"

他是这么说的。但是他们把自己的偶像高举过头，对着我挥舞像闪电。

"你们声音低些，"我对他们说，"我虽听不太明白，却还听得很清楚。"

他们还是放低了声音喃喃细语。

最后有一个人被他们私下推举出来表达他们的想法，因为他们倒也后悔竟然如此胆大妄为。他对我说：

"在我们要求你承认的众多道理中，你在哪儿看出有什么独断独行的发挥，雕塑师的行为和诗意？我们的建议都是按照严格的逻辑观点一环扣一环推理而来的，绝没有人为的因素去指导工作。"

这样，一方面，他们要求一个绝对真理的占有权，像这些部族自以为有了个彩绘的木头偶像，说什么它会打闪电，另一方面，他们与唯一的真正几何学家相提并论，因为这些人多少有些成就，好像也曾经效力或发现过什么，但是不曾创造过什么。

"我们在你面前算过一个图形中各条线之间的关系。如果说我们能够违背你的法律，你却不可能超越我们的规律。你应该任命我们当大臣，我们精通此道。"

我没有开口，对愚蠢进行深思。他们误会了我的沉默，犹豫了。

"因为我们首先想为你效力。"他们说。

我这样回答：

"你们自称不在创造，这倒是好事。因为斜视眼生出斜视眼。充气的皮囊放出来的只是风。如果你们来建立王朝，你们

尊重的一种逻辑只适用于一去不复返的历史、已经树立的雕
像、死亡的机构，王朝未建立已落在野蛮人的大刀之下。

"有一次大家发现一个人的踪迹，他清晨离开他的帐篷，往
大海方向一直走到峭壁边跌了下去。那时有几位逻辑学家，俯
身察看各种迹象，认识了真理。因为事件皆有环节，都是一个
也不少。路是一步一步走的，走了前面的一步总有后面的一
步。倒着从果到因的步子，把那名死者送回了帐篷，顺着从因
到果的步子，又把那个人推进了死亡。"

"我们都懂，"逻辑学家喊了起来，他们相互庆贺。

而我认为懂，无非是认清——我若会认清的话——某一个
微笑比一潭死水还脆弱，既然只要略有所思，会使微笑黯然
失色，还可能这个时刻微笑是不存在的，既然这张脸还在沉
睡，恰好又不在这里，而是在走上一百天才到达的外国人的帐
篷里。

但是创造本质上跟创造物是不同的，它摆脱种种标记，把
标记抛在身后，又不表现在任何符号中。这些标记、这些痕
迹、这些符号，你总是发现它们是一个个推算出来的。因为一
切创造的影子反映在现实的墙上，形成纯逻辑。但是这种明显
的发现还是会让你做个傻瓜。

由于他们没有信服，我继续善意开导他们：

"从前有一个炼金术士，他研究人生的秘密。他从曲颈瓶、
蒸馏器、草药中提取出一小撮有生命的肉团，逻辑学家闻风而
来。他们重做试验，把草药混在一起，在曲颈瓶下吹火，制造

出另一种肉细胞。他们到处宣称生命的秘密已不再存在。生命只是由因及果、由果及因的自然结果，火对草药的作用，草药对草药的相互作用，这些东西起先是没有生命的。逻辑学家一如既往什么都精通。但是创造的本质不同于由它所主宰的创造物，在记号中不留下任何痕迹。创造者总是从创造中脱身而出。他留下的痕迹就是纯逻辑。而我，更加谦恭地前去向我的朋友几何学家讨教。他说：除了生命孕育生命以外，你从中还看出什么新奇的事吗？没有炼金术士的觉悟，生命是绝不会出现的，炼金术士据我知道是活着的。大家忘了这点，因为他永远从他的创造物中脱身而出了。因而，当你把另一个人领上了你的山顶，从那里问题安排得有条有理，这座山就成了你撇下他单独一人后留下的真理，没有人会问，你怎么选择了这座山，既然人已在那里了，人总要有个地方存在的。"

但是他们还在喃喃说个不已，因为逻辑学家一点不遵循逻辑，我对他们说：

"你们这些自负的人，你们带着洞悉事物的幻想，跟随墙上的影子跳舞；你们对几何学家的建议亦步亦趋，没有意识到有一个人是走着路测量出来的：你们阅读沙上的痕迹，没有发现别的地方有个人不愿去爱；你们从物质上去认识生命的升华，而不知道有一个人他反对，他选择；你们这些奴隶，别带了你们敲钉子的铁锤走到我面前，假装船只是由你们设计和下水的。

"那个硕果仅存的人已经死了，他若愿意我是会把他安置在我的左右，让他辅助我治理人。因为这个人是从上帝那里来的。他的语言知道给我发现这个远方的情人，她本质上跟沙子不一样，就不可能一下子把她识破。

"从无穷无尽的可能组合中，他知道选择了那个人，唯有他还没有获得出众的成就，然而是个单独找到道路的人。在深山的迷宫里缺少了导线，没有人能够依靠推理前进，因为你认识的那条路，只有出现了深渊才会中断，同样另一边的山坡尚未被人知道，那时偶尔有向导自告奋勇，仿佛他从那里回来，向你指出道路。有人走过一次，这条路就开出来了，在你看来是理所当然。然而你忘记一种做法所以神奇，是因为它像走在回头路上。"

079　幸福是对完美的奖励

那个人来了，反对父亲的说法。

"人的幸福……"他说。

父亲打断他的话："别在我这里说这个词。我欣赏具有实质内容的词，但是抛弃空洞的外壳。"

"可是，"那个人对他说，"你是一国之尊，若不首先关心人民的幸福……"

父亲回答："我不关心捕风捉影、自以为得计的事，因为，我若使风不动，风不再存在。"

"但是，"那个人说，"我若是一国之尊，我希望人民幸福……"

"啊！"父亲说，"这下子我明白了你的意思。这个词不是空洞的。我确实见过不幸福的人与幸福的人。我也见过胖的人与瘦的人，生病的人与健康的人，活人与死人。我也希望人民幸福，就像我希望他们活着而不要死去。虽则一代代人都是要走的。"

"咱们说到一块来了，"那个人叫道。

"不，"父亲说。

他思索，然后说：

"因为当你说幸福时，你要么是在说人的一种状态，他幸福就像他健康，我对这种感官功能是无能为力的，你要么是在说一件我能够希望征服的可掌握的东西。它又在哪儿呢？

"有人在和平中幸福，有人在战争中幸福；有人希望独处，那时他很兴奋，有人需要节日的熙攘才会兴奋；有人在思考科学问题时快乐，科学可以回答提出的问题，有人通过上帝找到快乐，没有问题比谈到他更有意义。

"如果我要把幸福分解来看，我可能对你说对铁匠来说是打铁，对水手来说是航海，对富人来说是有钱，这样的话我等于白说，什么都没告诉你。然而有时候对于富人来说幸福是航海，对铁匠来说是有钱，对水手来说是什么都不干。这样这个没有内容的虚词就会使你不得要领，你再想理会也无用。

"你若愿意理解这个词，应该把它看作奖励，而不是目的，因为那时这就没有什么意义了。同样，我知道某一个东西是美的，但是我拒绝把美看作一个目的。你几曾听到过一名雕塑师对你说：'我要在这块石头上凿出美？'那些空洞抒情自我陶醉的人，都是些不入流的工匠。另一个，真正的，你就会听到他说：'我努力从石头上凿出那个压在我心头的东西。我只有凿才会把它凿出来。'凿出来的面孔不论又老又呆板，还是畸形无表情，或者是沉睡的青春，只要是个大雕塑家，你就会说他的作品就是美。因为美也不是目的，而是奖励。

"当我高声对你说富人的幸福是挣钱，我在跟你说谎。因为如果征服后放起了欢乐的火花，这是他的努力与辛劳得到了奖励。如果说展现在你面前的生命一时显得令人陶醉，这犹如你费了九牛二虎之力爬上山顶看到的风景使你欢欣雀跃。

"如果我对你说小偷的幸福是在星空下窥伺，这是他心中有一部分东西需要拯救，是对这部分的奖励。他接受了寒冷、不安全和孤独。他觊觎的黄金，我对你说过，他觊觎它就像它是一次升天的蜕变，因为他沉重，易受伤害，满以为怀里揣了黄金，穿越人群密集的城市，像添加了看不见的翅翼。

"我怀着沉默的爱，曾经仔细观察我的臣民中显得幸福的人。我总是意识到，幸福之于他们，犹如美之于雕像，绝不是有意寻求而来的。

"我总认为幸福是他们完美与心灵品质的标记。唯对那个会向你说'我感到这么幸福'的人打开家门与她共度一生，因为表现在她脸上的幸福是她的品质的记号，既然它出自一颗受奖励的心。

"不要要求我这一国之尊去为我的臣民征服幸福。不要要求我这雕塑家去追求美。我不知道往哪儿追求时会坐下来。美这样成了幸福。仅仅要求我给他们塑造一颗会燃起烈火的灵魂。"

082　知道上哪儿去睡

我明白了长久的大真理。

如果没有东西比你存在更长久，你就不会有什么盼望。我记得那个景仰死者的部族。每家的墓碑先后收留了一个又一个死者。墓碑竖在那里，说明依然留在人间。

"你们幸福吗？"我问他们。

"知道了上哪儿去睡，怎么还会不幸福呢？……"

083　缺了神圣纽结，也都什么都缺

　　我感到极度的疲乏。说得简单些也是在想自己像是上帝的弃儿。因为我觉得少了拱顶石，内心没有一点回响。在静默中说话的那个声音已经哑了。我站在那座最高的塔楼上想："这些星星是为了什么？"骋目观看领地时思忖："这些领地是为了什么？"这时从熟睡的城中传来怨声，我问自己："这些怨声是为了什么？"我像一个异乡人，迷失在一群五方杂处的外路人中间说不来他们的语言。我像一件从人体上脱下的衣服凌乱遗落。我像一幢空房子。确切地说，我少的是拱顶石，因为身上一切俱已老朽。"不过我还是同样的那个人，"我对自己说，"知道同样的事情，保留同样的记忆，看过同样的情景，但是从此以后神思恍惚，无所用心。"如同高耸入云的教堂，如果没有人欣赏它的全貌，体验它的静默，在默祷中得到圣召，那只是一堆石头。就像我自己、我的智慧、我的感官体会和我的回忆。我是一堆麦穗，不再是一束麦子。我认识到的厌倦，那首先是被剥夺了上帝的眷顾。

　　从一个人来说，不是被处死了，而是被流产了。在我那个厌倦的花园里，我很容易变得残酷无情，我在里面恰好像个等待人的人踱着空步子。我滞留在一个暂时的宇宙中。我向上帝送去祈祷，但这不是祈祷，因为它不是来自一个人，而是一个

人相，烧尽了火焰的蜡烛。"啊！让我的热忱回来吧，"我说。要知道热忱只是连接事物的神圣纽结的产物。那时是一艘有人掌舵的船。一座有人欣赏的教堂。你若从中看不到建筑师，看不到雕塑家，那它除了是一堆零散的物件，还会是什么？

这时候，我明白那个人认出雕像的微笑，田野的美景或神庙的静默，他发现的是上帝。因为他超越物质得到了精髓，超越词语听到了赞歌，超越星辰感到了永生。因为上帝首先是你的语言的意义，你的语言若有了意义，向你显示上帝。这个小孩的眼泪，若使你感动，是对着大海开启的天窗。因为那时在你心中引起回响的不是他这几滴眼泪，而是所有人的眼泪。孩子只是牵了你的手谆谆教育你的人。

"主啊，为什么要我穿越沙漠？我在荆棘道上艰苦跋涉。只要你的一个信号，沙漠就会变换容貌，黄沙、天涯和海洋大风不再是零散的万象，而是巨大的帝国，使我处在其中奋发有为，这样我知道通过它阅读你。"

我认为，上帝隐身不现，才让人明显感到他的存在。因为他对水手来说意味着大海。对丈夫来说意味着爱。但是有的时候，水手问："海又怎么样？"丈夫问："爱又怎么样？"他们事事烦心。他们并不缺了什么，就是缺了连接事物的神圣纽结。于是他们也就一切都缺了。

095　钻石是地球内部的星星，不可分割

　　钻石是一个民族用血汗换来的果实，但是一个民族付出了血汗，钻石却是不可消费、不可分割的东西，没有一名工人可以享用。钻石是地球内部苏醒的星星，我应不应该放弃获取呢？金水壶要花上一生的心血做成，到头来也是不可分割的。他们若镂刻的话，我就要用其他地方种植的麦子来养活他们。我若要那些工匠迁出工匠区，送他们也去耕地，那样就不再有金水壶，会有更多的小麦用于分配。——你不是会跟我说高贵的人不采钻石，不镂刻金壶？你看到人在哪儿因此富有？钻石的命运跟我有什么相干？为了使老百姓羡慕嫉妒，我必要时可以答应每年一次把开采的钻石全部烧毁，这样让他们享受一日的节庆，或者捧出一名王后，我给她穿戴得璀璨夺目，这样他们有了一位钻光闪闪的王后。这样王后的光芒或节日的热烈，就会反过来倾注在他们身上。但是你又从哪儿看出，把钻石锁在博物馆内他们会变得更加富有？钻石进了那里眼下对谁也毫无用处，除了一些愚蠢的闲人，得到荣耀的则是一名粗俗愚钝的守卫。

　　因为你必须承认，使人花费时间的东西才是可贵的，如神庙。而帝国内可使人人感到的荣耀，则来自钻石和王后，因而我强迫他们去采掘钻石，用钻石打扮王后。

096　职责与游戏

有一天我要跟你说到必要或绝对，那是连接事物的神圣纽结。

如果骰子不意味什么，骰子戏玩起来就不会扣人心弦。如果海涛汹涌澎湃，那个人奉了我的命令要出海，登船以前他对海情作全面了解，把乌云当敌人那样掂量，监视波涛，窥伺风向，这些事一件接一件叫他牵挂。我的命令不容他有片刻迟疑，他面对的就不是以供观赏的海景，而是矗立的圣堂，我则是拱顶石，使它挺拔长久。那个人，当他在乘风破浪中发布命令，会是个了不起的人。

但是另一个人，他不受我的统率，以游客的心情出海，随心所欲，悠闲自在，他绝进不了圣堂，这些乌云对他不是考验，不比画布上看见的更重要，这阵沁人心脾的清风不是世界的转变，而是肉体的轻抚，恶浪骇涛只是引起腹肌的疲劳而已。

这是为什么，我说职责是连接事物的神圣纽结，除非它在你看来是绝对的需要，而不是规则变化不定的游戏，才会建成你的帝国、你的神庙或你的家园。

父亲说："起初不是由你选择的事物，你要看出这是你的一项职责。"

097　死的树枝与树的死

我记起对于自由的这些说法。

当故世的父亲巍峨如山，遮住了人们的地平线，那些逻辑学家、历史学家、评论家幡然醒悟，提到当时他要他们收回的废话都兴奋异常，他们发现人是美的。

人是美的，因为是父亲培育了他。

"既然人是美的，"他们齐声喊叫，"人必须解放。人完全自由才前途无量，他的一切行为都是美妙的。因为别人会损害他的锦绣前程。"

傍晚，我走进自己的橘子园，里面有人在修枝整叶，我可以说："我的橘树是美的，树上果实累累。可是那些也会结果子的树枝为什么要删除呢？树必须解放。它完全自由才会开花。因为别人会损害它开花。"

于是他们把人解放了。人站得笔直，因为他被修成直的。当那些士兵出现时，不是由于执行不可更替的模式，而是出于庸俗的统治需要，又用强制手段来压制他们，这些人见到自己的锦绣前程被人断送，奋起反抗。自由的愿望使他们内心燃烧顿时有燎原之势。对他们来说这是要美的自由。当他们在自由中死去时，他们为自己的美而死，死得美。

"自由"这个词听起来比军号还纯。

但是我想起父亲的话：

"他们的自由，是哪儿都不在的自由。"

从而以此类推，他们变成广场上的乌合之众。因为你若依照你的主意做决定，你的邻居又依照他的主意做决定，他们的行为总的来说相互抵消。如果每个人按照自己的心意画同样的东西，一个人画成红色，另一个人画成蓝色，再一个人画成红褐色，这东西就什么颜色都不是了。如果游行队伍组成了，每个人选择自己的方向，这群人狂风一吹如同尘土，什么游行队伍都不是了。如果你把你的权力分给大家，这份权力不会加强反会瓦解。如果每个人都选择神庙的庙址，把他的石头搬到他要搬去的地方，那时你发现的是遍地石头，而不是一座神庙。因为创造是统一体的，你的树是从一颗种子发芽而来的。当然这棵树是不公正的，因为其他种子就不会发芽了。

因为权力，若是出于统治的欲望，我认为是愚蠢的野心。但是它若是一种创造性行为和创造性应用，它若是遏制自然倾向，防止物质混同，冰川融化形成大川，神庙被时间风化，阳光热量分散，书页散落前后颠倒，语言衰退失去纯洁，权力相互抵消，努力受到牵制，联系一切事物的神圣纽结结构松散，七零八乱，那样的权力我是庆贺的。因为犹如雪松，它向往沙漠的岩石，把根须钻入汁水无味的土壤，用枝条捕捉掺杂冰霜、随同冰霜腐蚀的阳光，从此一成不变的沙漠中，一切都渐渐均匀调节，机理平衡，雪松也开始建立树的不公正，突破石壁熔岩，在阳光中如神庙屹立，在风中如竖琴吟歌，在不动中成长。

因为生命是结构，是力之线，是不公正。面对感到无聊的孩子你做什么，不也是要对他们施加限制，这些限制也就是一种游戏规则，有了规则你才会看到他们奔跑。

098　拒绝遗憾，拒绝做梦

假若你的爱情没有希望被人接受，你应该闭口不谈。若有了沉默，爱情会在你心里酝酿。因为它在世界上创造一个方向，任何方向都会走近、走远，进去、出来，找到、失去，可使你有所裨益。因为你是那个需要生活的人。假若没有神为你创造力之线，就谈不上生活。

假若你的爱情不被人接受，变成无益的哀求，像是对你的忠诚的报偿，你又没有心灵的力量闭口不谈，那时若有医生，找他给你治疗。因为不应该混淆爱情与心的奴役。为爱情祈祷是美，但是为爱情哀求是下人的行为。

假若你的爱情遭遇事物的绝对性，比如要跨过修道院或流放地的不可逾越的墙头，而那个女人反过来也爱你，虽然表面上听不见，看不见，你也要感谢上帝。因为世界上有一盏为你点着的长明灯。你没法享用我也不在乎。因为那个在沙漠中死去的人，虽则奄奄一息，还是因远方的一幢房子而富有。

如果我塑造伟大的灵魂，我选择最完美的灵魂藏匿于静默之中，没有人——在你看来——会得到什么。可是它使我整个帝国荣耀高贵。谁在远处经过都要躬身下拜。就会产生标志与奇迹。

那时如果有人对你有情——虽则无用——而你又报之以

情，你将走在光明中。如果上帝存在，祈祷得到的回答也只是
静默。

　　如果你的爱情被人接受，若有手臂对着你张开，那时祈祷
上帝不让爱情腐烂，因为我为满足的心担忧。

104 鼓的声音是从哪里来的

他们团团围住我的父亲：

"该由我们来统治人。我们认识真理。"

帝国的几何学家的评论家这样说。父亲回答他们说："你们认识几何学的真理……"

"怎么？那不是真理么？"

"不是，"父亲回答说。

他对我说："他们认识的是他们的三角的真理。有的人认识面包的真理。你面和得不好，它就发不起来，你炉火烧得太旺，它就要烤焦。温度太低，面团又会发僵。虽然又香又脆的面包是用他们的手做的，使你齿颊生香，但是面包师决不要求我把治国大权交给他们。"

"你说到几何学家的评论家也许是对的。但是还有历史学家和批评家。这些人对人的行为指指点点。他们对人是有认识的。"

"而我，"父亲说，"我把治国大权交给相信魔鬼的人。因为，随着时代，魔鬼日趋精明，他对人的诡谲行为洞若观火。当然魔鬼对于线与线之间的关系一窍不通。我也不会要求几何学家给我在他们的三角中指出魔鬼在哪里。他们的三角中没有什么可以帮助他们指导大家的。"

"你没有说明白，"我对他说，"你真的相信魔鬼吗？"

"不，"父亲说。

但是他又说：

"什么是相信？假若我相信夏天使大麦成熟，我说的话既无深刻含意也不违常理，因为是我首先把大麦成熟的季节称为夏天。其他季节也是如此。但是我若找出了季节之间的关系，比如说大麦在燕麦之前成熟，既然这样的关系是存在的，我就相信。这些相关事物我不去操心：我利用这些相关事物，作为一张网去捕获猎物。"

父亲又说：

"雕像也是如此。你想一想，对于雕塑家来说，只是描述一张嘴巴、一只鼻子或一个下巴颏吗？当然不是。而是这些物体彼此之间的响应，这种响应——比如说——会是人的痛苦。此外这也是可以使你听得到的，因为你与之沟通的不是物体，而是联系物体的纽结。

"野蛮人自个儿相信声音在鼓里。他崇拜鼓。另一个人相信声音在鼓槌里，他崇拜鼓槌。最后一个人相信声音是他有力的双臂打出来的，你看到他张开双臂在空中挥舞。你也明白声音不是从鼓、鼓槌、手臂来的，击鼓者击鼓才是你说的真理。

"我不让几何学家的评论家来治理我的帝国，他们把用于建筑的东西奉为神明，就因被一座神庙打动了心，就崇尚石头的权力。那些人却带着三角的真理来给我治理人。"

可是我悲哀，我对父亲说：

"这么说来就没有真理了。"

他对我笑着说："你若能给我说出人在怎样的认识上拒绝答案，我也会对阻碍我们的残疾哭泣。你向我承认有所感触的东西我是想象不出来的。读情书的人，都觉得心满意足，不论用的是什么墨水和什么纸。他才不在纸与墨水之间寻找爱情。"

108　对睡着的哨兵处以拯救性的死刑

我巡查时发现睡着的哨兵。

把这名哨兵处以极刑也不为太过。因为那么多人气息平静地睡眠都取决于他的警觉；那时生命滋养你，也通过你延续，犹如不为人知的小弯深处海水在颤动。关闭的神庙内藏着蜂蜜似的慢慢积累的神圣财富，流了多少汗，坏了多少剪子和锤子，运来了多少石块，损坏了多少眼睛，盯着针线穿梭在闪金光的料子上，在上面绣出花朵，虔诚的双手摆弄出多少纤巧的图案。谷物的粮仓为了顺利过冬，智慧的粮仓放着神圣的书本，里面积淀人的保证。我给病人送终，使他们符合习俗在亲属中平静死去，几乎不察觉地把遗产往后递送。哨兵，哨兵，你的意义等同于城墙，城墙是城池娇弱身体的护壁，防止它瓦解，因为城墙若有了缺口，体内的血就要流光。你四处巡逻，首先面向沙漠的喧嚣，沙漠内金戈声不绝，像波涛似的不断向你袭来，挤压你，锤炼你，同时又威胁你。因为什么东西侵蚀你，什么东西充实你，是无从区分的，因为同样的风吹出了沙丘，又吹走了沙丘；雕凿了悬崖，又削平了悬崖；同样的挫折使你的灵魂美丽或者痴呆，同样的工作养活你和逼死你，同样满足的爱使你如意，使你劳累。你的敌人就决定你的形态，因为他迫使你在城墙内部加固；对海也可说同样的话，它是船的敌人，因为海水随时随刻要吞没它，船首先要抗拒它；但是也可以说海水是同一艘船的墙、限制和形态，因为历代以来，船柱乘风破浪，与水的摩擦中渐渐地形成船体的形状，更和谐均匀，更结实，更美丽。因为可以说，风吹裂了船帆，也使船帆设计成了翅翼一般。可以说没有敌人，你没有形态，也没有尺寸。若没有哨兵城墙又算是什么呢？

这是为什么这名睡着的哨兵，使城市赤裸裸暴露于人前。这是为什么一旦发现后，抓住他要让他溺死在自己的睡眠中。

现在他睡着，头靠在扁石头上，嘴巴微微张开。面孔是一张孩子的面孔。把枪揣在怀里，就像睡梦中揣着一只玩具。我瞧着他，对他产生了怜悯。因为我怜悯在黑夜炎热中的软弱。

……

因为你睡在那里。睡着的哨兵。死去的哨兵。我惊恐地瞧着你，因为帝国也由于你睡着而死去了。我通过你看到帝国也病了，因为他给我派了几名要睡觉的哨兵，这不是好兆头……

"当然，"我心想，"屠夫将会效劳，把他溺死在自己的睡眠中……"但是在我的怜悯中又会向我提出新的意料不到的诉讼。因为只有强盛的帝国把睡着的哨兵的头砍下来，但是把哨兵派出去睡觉的帝国是没有权利砍谁的头的。因为理解严厉是很重要的。不是砍下睡着的哨兵的头可使帝国惊醒，而是帝国惊醒了才会去砍睡着的哨兵的头。这里你又混淆了因果关系。看到强盛的帝国砍人的头，就用砍头去创造你的力量，那你只是一个嗜血的小丑。

你树立了爱，你才会树立哨兵的警觉性和惩罚睡着的哨兵，因为那些哨兵已自行脱离了帝国。

……

当我的哨兵走在巡查道上，我不敢说个个都是意气风发。许多人感到无聊，想喝汤，因为一切思绪都平静下来时，动物的口腹之欲还是有的，感到无聊的人想到了吃。我不敢说他们的灵魂个个都是清醒的。我说的灵魂，是指你心中与连接事物的神圣纽结沟通的东西，嘲笑隔阂的东西。但是只是有时候其中一个灵魂燃烧了起来。其中一个心跳。其中一个遇到爱情，感觉上一下子充满了城市的重量与喧嚣。其中一个心胸拓宽，呼吸星光，包容河山，犹如灌满浪涛声的海螺。

我只要你有过这样的际遇，感觉过做人的满足，那就作好准备去接受，因为这就像睡意、饥饿或欲望，时不时会涌上心来，你的怀疑只要是纯真的，我要你为此感到欣慰。

你若是雕塑家，面孔的意义会涌上心来；你若是教士，上帝的意义会涌上心来；你若是钟情的人，爱情的意义会涌上心来；你若是哨兵，帝国的意义会涌上心来；你若忠于自己，即使你的屋子如被遗弃似的，打扫一下，还是会把你的心填得实实的。你不知道它什么时候来，但是重要的是你必须知道世界上只有它会使你满足。

这是为什么我培养你潜心学习，日后诗歌会奇迹似的叫你燃烧起来，帝国的仪式与习俗会使帝国植根于你的心内，因为没有一种禀赋不需要你的准备。不盖好房子准备接待，也不会有客人来访。

哨兵，哨兵，你在城墙上来回巡逻，炎热的黑夜使你怀疑与无聊，城市不声不响却要你倾听有什么杂音，人的房屋只是一堆没有生气的木架子却要你监视；沙漠中一片空白却要你绕着它呼吸；没有爱时努力去爱，没有信仰时努力去信仰，没有人可以对之忠诚时却要努力去忠诚，这时你对哨兵渐有感悟，感悟对你有时就是报偿，就是爱的赠予。

需要对谁表示忠诚时，对你自己忠诚，那是一点不难的；但我要求你时时刻刻不忘记呼吁，要求你说："但愿我的家有人光临。我造好了，保持干净……"我强迫自己是为了帮助你。我要我的僧侣主持祭礼，即使这些祭礼已不再有意义。我要我的雕塑师雕塑，即使他们怀疑自己的能力。我要我的哨兵来回巡逻，否则处以极刑，要不然他们主动跟帝国断绝了关系，自己会死去，我用我的严厉拯救这些人。

……

但是你，睡着的哨兵，不是因为你抛弃了城池，而是因为城池抛弃了你，使我面对你苍白的孩子面孔，对帝国产生忧虑，如果帝国不能再为我唤醒哨兵的话。

当然在丰沛时接受城市的歌声，在对你分裂的东西上发现纽结，这是我的错。我知道你必须站得笔直等待，轮到你在灯光下得到酬谢，突然会对巡逻的步子陶醉，仿佛星光下仪式隆重的神奇舞蹈。因为那边黑夜里，有船只在卸货，卸下来的是贵重金属和象牙，哨兵在城墙上就是保护这些船只，就是给你服务的帝国献上金银宝贝。因为在某处，有一对情侣，沉默后才敢于说话，他们相互对视，要说……因为要是一个人说话，另一个人闭上眼睛，天地就要变化。而你保护着这段沉默。因为在某处有人临终前还有一口气。他们俯下身去倾听心底的话以及永远的祝福，若能听到会终生不忘，你拯救了一名死者的最后遗言。

哨兵，哨兵，当上帝使你心里雪亮，有权把视野扩展至这片大地，我不知道你的帝国到哪里为止。我不在乎你在其他时间像其他人干苦活时发牢骚，想喝上一碗汤。你睡觉是可以的，你忘记是可以的。但是忘记时让你的住屋坍了下来那就难以交待了。

因为忠诚，是对自己的忠诚。

但是我要救的不是你一个人，而是你的同伴。从你身上得到铸造灵魂的内在素质。因为我离家时不会把家拆毁。我不欣赏玫瑰时不会把玫瑰捣碎。留着供别人欣赏，新月光会使它们不久盛放。

我会派遣士兵逮捕你。你将被处死，睡着的哨兵应得的死。留给你做的是不再重犯，希望以你的下场为榜样，去换取其他哨兵的警觉性。

109　我喜欢的青春面孔会受衰老的威胁

不幸的是，你认为温柔、天真无邪、满怀信心和腼腆的那个女人，容易受到犬儒主义、自私自利或巧言令色的威胁。一片柔情与满腔热忱被人利用，可能你会希望她更加老练。但是绝不会因此希望你家的女儿多疑、工于心计和冷漠寡情，因为你培养她们成这样的同时也毁了你原本要保护的品质。当然一切品质都包含自毁的因素。慷慨会养成寄生虫，使慷慨感到反胃。羞耻心会带来粗俗，使羞耻心受窘。善意会遇到忘恩负义，使善意心寒。但是你，为了让她免受生活中本有的种种威胁，却期望一个已经死亡的世界。你禁止建造一座美丽的神庙，是害怕地震会把美丽的神庙摧毁。

那些信任你的女人，我会叫她们保持信任，虽然对她们也会有人背叛。如果偷女人的贼偷去了其中一个，我心中当然会难过。我若想要一名英勇的战士，我会冒风险让他战死沙场。

因而，把你相互矛盾的愿望放弃吧。

你的行动又一次千真万确的荒谬。你自家的习俗创造了一副赏心悦目的面孔，欣赏过后你又憎恨起了这种习俗，因为在你看来习俗是一种束缚，确实习俗是变的束缚！毁灭了习俗，接着你也毁灭了你打算拯救的东西。

确实，由于害怕粗暴和狡猾会威胁到高尚的灵魂，你迫使这些高尚的灵魂表现得更加粗暴，更加狡猾。

要知道我爱那些受威胁的东西并不是无谓的。珍贵的东西受威胁不必要为之惋惜。因为我发现受威胁是事物品质的一个条件。我喜欢身处诱惑的忠诚朋友。没有诱惑，就显不出忠诚，我也没有朋友。我接受几个人倒下显出其他人的价值。我喜欢勇敢的士兵站在枪林弹雨下。没有勇气我就没有士兵。我接受其中几个人死亡，若是他们的死亡铺垫其他人的高尚。

你若带给我一件珍宝，我愿意它非常脆弱，一阵风就可从我这里夺走。

我喜欢的青春面孔会受衰老的威胁，我喜欢的微笑会被我一句话轻易化成眼泪。

110 所有的人都是可以征服的

那时，我曾对之深思熟虑的矛盾，才会出现解决办法。因为我是国王，对我睡着的哨兵弯下身时，这场残酷的诉讼使我伤心。把一个做好梦的孩子活生生地推入死亡，他绝没想到在这短短的夜间值勤要去受人的大刑。

因为他在我面前醒来，手掠过他的前额，然后，没有认出我，抬头看星星，轻轻叹口气，又要执锐披坚。那时，我感到这样一个灵魂是需要征服的。

在他的身边，我——他的国王——朝着城市转过身，表面上跟他呼吸同一座城池，其实不然。我想："我遇到的伤心事，不会对他有什么好处。其他行动都没有意义，除非转化他，充实他，不是用那些他与我都能看到的、感到的、触摸到的、占有的东西，而是用透过事物看到的面目，联系事物内部的神圣纽结。"我明白重要的是首先区分征服与压服。征服是转化，压服是囚禁。我若征服你，我解放了一个人。我若压服你，我摧垮了一个人。征服是借助你、通过你造就你自己。压服只是一堆排列整齐、模样相同的石头，什么都不会从中产生。

我感到所有的人都是可以征服的。守夜的人与睡觉的人，在城墙上巡逻的人和受巡逻保护的人。因孩子出生而欣喜的人和因有人故世而难过的人。祈祷的人和怀疑的人。征服是给你建造骨架，开启心智去接受真知灼见。如果有人向你指出道路，你就会找到饮水的源泉。我就会在你心中树立我的神，让神照亮你道路。

重要的无疑是在童年时代征服你，不然你一旦定型，固执己见，再也不会去学一种语言。

113 不值分文的假养料

我们对现实有不同的看法。我说的现实，不是在天平上可以称出分量的东西（因为我不是一杆天平，也就看不起天平，也就不在乎天平上的现实），而是压在我心头的东西。压在我心头的是这张悲哀的脸，或这首康塔塔，或对帝国的这份热忱，或对人的怜悯，或行动的高尚，或生命的情趣，或这声咒骂，或这份遗憾，或这片离情，或采葡萄的融洽感情（那比采摘的葡萄更为可贵，因为即使别人运到其他地方出售，我已经得到了主要的东西。就像有个人要被国王授勋，他参加仪式，喜气洋洋，接受朋友的祝贺，感到胜利的骄傲——但是国王还没有来得及在他胸前戴上勋章，就跌下马背死了。你会说这个人空欢喜一场吗？）。

对于你的狗来说，现实是一根骨头。对于你的天平来说，现实是一块秤砣。但是对于你来说则是另一种性质的东西。

这是为什么我要说财政家是微不足道的，舞姬是有道理的。这不是我看不起前者的工作，而是因为我看不起他们傲慢自大、刚愎自用，因为他们自以为是目标，是目的，是要义大旨，其实他们只是仆人，首先是为舞姬服务的。

因为不要弄错了工作的意义。有的工作是紧急的，如宫廷用膳。没有粮食就没有人。首先安排个人有吃有穿有住。干脆地说也就是他们要活下来。但是重要性并不在这里，重要性在于生活的质量。舞蹈家、诗人、金银雕匠、几何学家、星象观察家，首先是由厨师的工作养活的，他们做的工作使人高贵，给人一种意义。

当那个只知道厨艺的人来时（确实从那里运来了放在天平上的现实和喂狗的骨头），我禁止他谈论人，因为他会疏忽本质的事，就像军官对人只看他会不会摆弄枪支弹药。

既然舞姬都被赶到厨房里给你烧更多的菜肴，别人又为什么要在你的宫殿里跳舞呢？既然雕匠都被赶到锡壶工场去生产更多的锡壶，那又何必在那里去雕刻金壶呢？当你只要把那些人赶去打麦子好得到更多的面包，那又无须切割钻石，创作诗篇，观察星象呢？

但是因为在你的城里，就会缺少满足心灵的东西，而不缺少满足视觉与感官的东西，你将不得不给他们发明一些不值分文的假养料。你将为他们寻找制造诗歌的工匠，制造舞蹈的机器人，用车玻璃冒充钻石的骗子手。这样他们就有了生活的幻觉。虽然这一切留给他们的只是生活的漫画。因为那个人把舞蹈、钻石、诗歌的真正意义混同为马槽里的饲料——舞蹈、钻石、诗，只有在经过你本人努力后，才会用肉眼看不见的部分来滋养你。舞蹈是战争，是诱惑，是谋杀，是忏悔。诗歌是登山。钻石是经过长年累月的工作转化为星星的。但是本质的东西也不在这上面。

犹如玩九柱戏，你的乐趣是打翻对手的木柱，但是排上几百根木柱，造一架打翻木柱的机器，这样你也玩得高兴么……

115　成堆花朵才提炼出点滴香料

于是，我认为以受益者的观点来阅读我的城邦毫无意义。因为任何人都不是无可非议的。这不是我要说的问题。或者更确切地说是居于第二位的问题。因为接着我当然希望我的受益人受益以后更高尚了，而不是更庸俗了。但是对我来说首先重要的是我的城邦的面目。

于是，我走出宫门私访，随从跟着我，由他向过路人提问题。

"你是干什么的？"他遇到谁就问谁。

"我是做木工的，"这个人说。

"我是种庄稼的，"另一个人说。

"我是打铁的，"第三人说。

"我是牧羊的，"又一个人说。

或者我挖井，或者我给人治病。或者我给不识字的人代写书信。或者我是屠夫。或者我铸造茶盘。或者我织网。或者我缝制衣服。或者……

我看出这些人是为大家工作的。因为大家消费牲畜、水、药、木板、茶和衣服。每个人的个人消费都有限，因为你吃一次，治病一次，穿衣一次，喝茶一次，写信一次，你睡也是睡在一间房的一张床上。

但是也遇到有的人回答我说：

"我盖宫殿，我切割钻石，我做石雕……"

这些人当然不是为大家，只是为某些人工作，因为他们的工作产品是不可分割的。

确实，你若看到一个人花了一年工夫给他的花瓶上釉，你怎么把这样的花瓶分给每个人呢？一个人在城邦里要为许多人工作。有女人，有病人，有残障人，有儿童，有老人，有今天休息的人。还有为我的帝国服务的人，他们不生产东西：他们是军人、差役、诗人、舞蹈家、总督。他们这些人跟其他人都一样消费，穿衣，穿鞋，吃喝，睡在一间房间的一张床上。因为他们没有东西用来交换他们消费的东西，那么就必须在什么地方去偷生产者生产的这些东西，让不生产这些东西的人同样活下去。工场的人没有一个可以消费掉自己生产的全部产品。因而就会余下一些产品，你也不能分给大家，因为这样没有人会生产了。

可是那些奢侈品、花朵和代表文明意义的东西，它们的设计与生产就不重要吗？恰是有价值的、无愧于人的东西需要花费许多时间。这也是钻石的意义，长年累月的工作才形成指甲一般大的眼泪。或者成堆花朵才提炼出点滴香料。因为我早知道这些东西是不能分配给每个人的，我同样知道一个文明不是建立在物质的命运上，而是物质的创造上，至于眼泪与点滴香料的命运跟我有何相干呢？

我是君主，我偷生产者的面包与衣服分给我的士兵、女人与老人享用。

那么，偷面包与衣服分给我的雕塑家、钻石切割师以及写诗然而还是要吃饭的诗人，我又何必心中不安呢？

否则就没有钻石、宫殿，没有一切值得的东西。

这不会使我的人民很富有，他们投入到其他文明活动中去才会富有，因为这使投入的人花费许多时间，但是从我的路上遇见的人来看，也只占用很少一部分。

此外，我还想，既然这个东西不是分给每个人的，我也不能说得到的人是偷了别人的，那么，分给哪个人也就不重要了，然而这点又是明白的，谁该有谁不该有的问题就很难评定，需要慎重对待，因为这是文明的经纬线。至于他们的品质与道德评论是不重要的。

这里面肯定有一个道德问题。但是也有一个截然相反的问题。如果我使用排斥矛盾的词语来思想，我也就扑灭了心中的一线光明。

117　压着水库的水，会忘记哪一条缝隙

如果我看到一个人朝着东面走去，我不能预测他的前途。因为可能他在散步，也可能在我想他肯定去旅行时，他却出乎意料地回头走来了。但是每次只要稍微放松我的绳子，我就能预见我的狗要往哪儿走；它总是拖了我往东走，因为那里有猎物的气味，我知道要是放开它，它就会直奔而去。绳子松一寸比脚下走千步使我更了解事物。

这名囚犯，我看他坐着或躺着，好像垂头丧气、心灰意懒的样子。但是他心向着自由，只要墙上有一个小洞就全身颤抖，肌肉紧张，全神贯注，我知道他的意向。如果那个缺口朝着原野，你给我说哪个人会忘了去看一眼！

你若按照你的智力推理，你就会忘记这个或另一个洞，或者甚至于你那时想着其他事，就是瞧着也不会看见。或者看到洞，却用三段论法来推论他是否善于利用。等你做出结论会太迟了，因为泥瓦工可能已把墙洞填满。你给我说，压着水库的水，会忘记哪一条缝隙？

这是为什么我说意向即使缺乏语言的表达，也比理智强烈，操纵一切。这是为什么我说理智只是精神的奴仆，首先改变意向，变成论证和格言，这样使你然后相信你的那堆大杂烩思想操纵了你。而我要说你只是受了神的操纵，神就是神庙、

家园、帝国、对海的向往或自由的渴求。

因而，对于山那一边的邻国君王，我观察不到他的行动。因为鸽子一旦起飞，我从它的飞行轨迹看不出它是飞回鸽棚，或是在风中梳理羽毛；因为从一个男人回家的步子，我也看不出他迎合妻子的愿望，或是在尽无聊的义务；他的步子是走向离异还是爱情。但是这个我关在监狱中的人，如果他抓到机会，把脚踩上我遗忘的钥匙上，试试铁杆是不是有哪根摇动，用眼睛掂量狱卒，我就想到他已经在田野上自由闯荡。

我要知道邻国君王的，不是他在做什么，而是他念念不忘想去做的是什么。因为那时我知道哪个神——即使他自己也不知道——操纵着他，以及他今后的走向。

120　体会饥饿与培养欲望

因为你相信面孔的美对你是自然生成的吗？而我却说面孔的美也是你学习才有的结果。因为我从未见过一个天生的盲人，一经治愈后，就有微笑的。微笑也需要他学习的。但是你自童年以来就是用某种微笑预示你的欢乐，因为人家有一件惊喜之事瞒着你。或者用某种皱眉头预示你的艰苦，或者某种嘴唇颤抖引导你的眼泪，或者某种眼珠发亮说明正在策划，或者点一下头宣布和平与信任，投入他的怀抱。从千万次的亲身经验中，你创造了一种形象，这属于完美的祖产，它能够完全接受你，满足你，使你生气勃勃。你也会在人群中一眼认出，宁可死也不愿失去。

雷电击中了你的心，但是你的心也早准备去经受雷电。

因此我跟你不单说爱是慢慢生长的，还要教导你体会饥饿才会发现面包。这样我在你心中培养对诗歌做出回响。诗歌另一人听了无动于衷，而把你的心照亮。我使你有一种不可言状的饥渴，一种说不清的欲望。它是道路、结构与建筑的总和。神会一下子把它照亮，条条道路畅通无阻。当然目前你还浑然不知，然而你若认出它，追寻它，这说明它已有了一个名字，迟早会被你找到。

121　监狱比修道院更能传播信仰

当热忱消失后，你使用警察维持你的帝国。要是依靠警察才能拯救，这样的帝国其实已经死亡。因为我的约束是雪松力量的约束，它把土地的汁水都集结到它的木疤中去，它不是无谓地消灭荆棘和汁水，汁水当然会被荆棘吸去，但是必然也供应雪松。

你哪里看到人发动战争是反对什么吗？叶茂根深、消灭荆棘的雪松，才不顾什么荆棘。雪松不在乎荆棘的存在。它为雪松发动战争，把荆棘变成了雪松。

你要人在反对中死亡？谁愿意死亡？人都愿意厮杀而不愿意死亡。接受战争，是接受死亡。只有你拿自己去交换什么的时候，死亡才是可以接受的。因而也就是怀着爱的时候。

那些恨其他人的人，他们若有监狱，就会在里面关进去许多犯人。但是你也造就了你的敌人，因为监狱比修道院更能传播信仰。

那个拘禁和处死别人的人，首先是对自己心存怀疑。他消灭的是证人和法官。但是消灭把你看低的人并不会使你自己高大。

那个拘禁和处死别人的人，也会把责任推卸给别人。因而他其实是个弱者。因为你愈强大，愈会把错误的责任揽在自己身上。这些错误会成为教训，让你最终夺取胜利。一名将军吃了败仗后为自己开脱，父亲打断他的话说："不要那么自负，夸说自己竟会犯了一个错误。当我骑了一头驴子，它迷失了路，这绝不是驴子犯了错误，而是我犯了错。"

父亲在另外场合也说过："要为叛徒找原因开脱的话，首先是他们居然能够背叛成功。"

124　孤独的祈祷祈祷孤独结束

孤独的祈祷。

"主啊，怜悯我吧，因为孤独压在我的心头。我没有什么可以等待了。我在这个房间里，没有东西跟我谈话。可是我盼望的也不是谁的出现，因为发现走入人群反使自己更加迷茫。但是另一个女人，与我相像，也独自待在类似的房间里。如果得到她温情的人在这幢房子的其他房间，她就心满意足。她听不见他们，也看不见他们。她一时也不从他们那里得到什么。但是只要知道她的家有人住着，她就感到幸福。

"主啊，我不要求看见什么，听见什么。你显现奇迹不是为了感官的满足。你只要用我的家照亮我的心扉就能治愈我的孤独。

"主啊，那个荒漠的旅客，若来自一个有人住的家，想起它即使在边塞绝域，也会笑逐颜开。没有距离可以阻止他不受滋润，他就是死也死在爱情中……主啊，我甚至不祈求我的家近在咫尺。

"走路的人在人群中被一张脸打动了心，即使这张脸不是为他，他立刻也会容光焕发。犹如这名爱上王后的士兵。他变成为王后效忠的士兵。主啊，我甚至不祈求你答应我有这样的家。

　　"在汪洋大海上，有些人的命运为一座不存在的岛屿燃烧。他们这些船上的人，高唱岛屿的赞歌，为此感到幸福。令他们满足的不是岛，而是赞歌。主啊，我甚至不祈求这样的家真的在什么地方……

　　"主啊，孤独只是精神不健康引起的结果。精神只住在一个祖国，那就是万物的意义。犹如神庙，它是石头的意义。只有在这个空间里它展翼高飞。它绝不会因物而欢乐，但是通过物的联系解读其中的面目才会欢乐。只要教会我学习去阅读。

　　"主啊，那时孤独就与我无缘。"

126 我的岁月对我已成为回忆

我于是向他慢步走去，因为我爱他。

"几何学家，我的朋友，我为你祈祷上帝。"

但是他受过苦，累了。

"不要为我的身体担忧。我的腿脚死了，胳臂死了，像一根朽木。该让樵夫……"

"几何学家，你没有什么遗憾的吗？"

"我会遗憾什么呢？我记得我有过健壮的手脚。但是生命自始至终都是诞生。人必须是什么而习惯什么。你曾经为你的幼年、你的十五岁或你的壮年遗憾吗？这些遗憾都是拙劣诗人笔下的遗憾。这里没有什么遗憾的，只是一种忧郁的温情，这绝不是痛苦，而是香水挥发后留在瓶子里的芬芳。当然，哪天你失去一只眼睛，你会哀叹，一切蜕变都是痛苦的。但是带了一只眼睛走在生命之路上也不必凄怆。我也曾见过盲人大笑。"

"人会缅怀他的幸福……"

"你看痛苦在哪里？当然我看到过有人由于他爱的人离去而痛苦，对他来说她代表日月、时间与事物的意义。因为他的神庙坍塌了。但是我从未见过另一个人痛苦，他有过爱的激情，然后又不爱了，而失去了欢乐的根源。曾被诗歌感动后又对诗歌讨厌的人也是这样。你哪里看到他痛苦？精神睡着了，人就不存在了。因为厌倦不是遗憾。你感到还是爱……爱若没有了，也就没有了爱的遗憾。你感到的就只是厌倦，这发生在事物这一层面上，物则是没有什么可以给你的。当拱顶石拔除时，构成我的生命的材料也都纷纷倒塌，这是蜕变的痛苦，我怎么会认出来呢？既然只是现在真正的拱顶石和真正的含义才在我的面前显现，既然它们从前也不比现在更多意义。既然在我的眼里已是一座建造竣工、终于灯光灿烂的教堂，我怎么还会感到厌倦呢？"

"几何学家，你在跟我说什么啦？母亲想到死去的孩子会悲痛的。"

"那是在他离去的时候。因为事物失去了原有的意义。母亲奶水胀了，但已没有了孩子。满腹的知心话要跟心爱的人说，但已没有了心爱的人。你的家园已经出售和失散，你的家园的爱又能怎么样？这是蜕变的时刻，总是痛苦的。但是你错了，因为语言使人产生混乱。于是来了这样的时刻，从前的事物得到它们的意义，它使你产生转变。于是来了这样的时刻，你因曾经爱过而感到充实。这时的忧郁是甜蜜的。于是来了这样的时刻，母亲老了，面容更加动人，内心更加明亮，虽然她因害怕词语而不敢承认缅怀死去的孩子是多么甜蜜。你何时听到过一位母亲说，她宁可从未有过这个孩子，从未给他喂过奶，从未将他捧在手心里？"

几何学家很久不出声后又对我说：

"我的安排舒适的岁月，今天已经成了我的回忆……"

"啊，几何学家，我的朋友，请告诉我是什么真理使你这么睿智……"

"要认识一个真理，可能在静默中就可看见。要认识真理，可能需要永久的静默。我常说树是真实的，这是树的各部位之间的某种关系。然后说到树林，这是树与树之间的某种关系。然后说到家园，这是树、原野和家园的其他组成部分之间的某种关系。然后说到帝国，这是家园、城市和帝国的其他组成部分的某种关系。然后说到上帝，这是各帝国和世上一切事物之间的一种完美关系。上帝跟树一样真实，虽然更难于阅读。我没有问题再要提了。"

他思考：

"我不认识其他什么真理。我只认识结构，这对我解说世界多少有点儿方便。但是……"

他这次沉默良久，我不敢打断他："可是有时我觉得它们像什么东西……"

"你要说什么？"

"我若寻找，我就找到了，因为心灵只盼望它占有的东西。找到就是看见。我怎么去寻找我还没有感觉的东西呢？我对你说过，爱的遗憾就是爱。还没有走入心灵的东西谁也不会辛辛苦苦去盼望。可是我对还一点没有感觉的东西有过遗憾，不然我怎么会朝着我还不能想象的真理的方向走去呢？我选择了几条笔直的路走向尚未为人所知的井，这些路像在走回头路。我对我的结构有天分，就像盲目的毛虫对它们的太阳有天分。

"当你建造一座神庙和神庙很美时，它像什么？"

"当你制订人的礼仪，当礼仪使人兴奋，好像火会温暖你的盲人时，礼仪像什么？因为榜样并不都是美的，有的礼仪也并不使人兴奋。

"但是小毛虫看不到它们的太阳，盲人看不到他们的火；当你在建造使人心温暖的一座神庙时，你也看不到你会使神庙有怎样一副面目。

"以前一张脸对我说来只是看到它的一边，看不到另一边，因为它要我向它转过脸去。但是我还是看不到那张脸……"

这时候，上帝在向我的几何学家显灵了。

128 牺牲的高贵与自杀的庸俗

你问我："这个民族为什么接受奴役，而不继续斗争到最后一个人？"

这有必要区别爱的牺牲与绝望的自杀，前者是高贵的，后者则是卑下或庸俗的。要做出牺牲，必须有一个神，如家园、群体或神庙，它接受了你代表的和与之交换的一部分。

有的人可以接受为大家而死，即使死是无用的。这样的死绝不会是无用的。因为其他人会因此更高尚，目光更明亮，心胸更宽阔。

儿子坠落深渊，哪个父亲不会挣脱你的阻拦跳下去救他？你拦不住他。但是你会祝愿他们一起跌下去吗？谁将以他们的生命来丰富自己？

荣誉不是宣扬自杀，而是宣扬牺牲。

131　零星石头的沙漠

我让你看到世界有一副新面目；好比孩子眼中的三块石头，要是我赋予它们不同的价值，再给他在游戏中扮演一个角色。孩子的现实并不存在于石头中，也不存在于规则中，规则只是一个有益的陷阱，现实存在于从游戏而生的热忱中。这样石头也从而有了一副新面目。

你的物，你的房子，你的爱情，你耳朵听到的声音，你眼睛看到的形象，如果不变成有一副新面目的宫殿的组成部分，对你又有什么用呢？

由于缺少了一个使物得到生命的帝国，那些无法从他们的物里感到趣味的人，会对物本身产生恨意。"为什么财富不使我富有？"他们哀叹，忖度只是财富不够，于是再增加财富。他们获得更多的财富，也受到更多的掣肘。在除不尽的烦恼中冷酷无情。他们从没见过别的也就不知道去寻找别的。直至看到有个人读情书时是那么幸福。他们从他的肩上看到他的快乐都来自纸上的黑字，于是命令奴隶在一张白纸上也排列出千变万化的黑色符号。从中找不到使他们快乐的法宝，还把奴隶鞭打了一顿。

133 创造即是修改

"我的诗写成了，接下来要做的是修改。"

父亲听了生气："你写诗，写了后你要修改！写是什么，难道不就是修改吗？雕塑是什么，难道不就是修改吗？你见过捏土吗？对土坯一改再改，改出了一张面孔，大拇指第一次捏，就是对一堆土的修改。当我建筑我的城市，是对沙地的修改。然后修改我的城市。我一改再改，向着上帝走去。"

135　与敌人争夺阳光的树长得最高最直

我要你睁大眼睛看岛的海市蜃楼。因为你以为在树木、草原、牛羊群的自由中，在广大空间的孤独的激情中，在毫无羁绊的爱的热忱中，你会像一株树挺拔茁壮。但是我看到长得最直的树木不是自由成长的树木。因为那些树木并不急于成长，长长停停，长成曲干虬枝。而原始森林中的那株树木，挤在跟它争夺阳光的敌人堆里，在紧急呼叫声中直窜天空。

因为你在你的岛上找不到自由，找不到激情，找不到爱。

你若长期陷在沙漠中（脱离城市的尘嚣在此休息则另当别论），我只知道有一个方法使你感到它富有生气，使它让你饱经风霜，成为你激情的沃土。这就是构筑力之线的构架。不论这些力之线来自自然或帝国。

我会把水井稀落分布，务必使你艰苦跋涉才会出现在你面前。要把羊皮囊的水精打细算熬到第七天，竭尽全力朝着这口井走去。达到才是你的胜利。要克服这个空间与孤独肯定损失了好几头坐骑，因为这是必要的牺牲。井还在未找到它以前便埋入沙内的骆驼队身上表现荣耀。在骄阳下的白骨堆前闪光。

因此，动身时刻，你检点装备，拉紧绳缰，审查驮子会不会摇晃，核实水的储备量，一切全力以赴。现在你朝着千里外沙子背后泉水祝福的地方，一路上从一口井迈步走到另一口井，像在攀登台阶，因为这是一支不可不跳的舞蹈，一个不可不征服的敌人，把你投入了沙漠的仪式。我在锻炼你的肌肉的同时，也在锻炼你的灵魂。

142 苛求是为了面目长久

但是你可能要问："你为什么那么苛求？"

当我塑造一副面目的时候，我要求它长久。当我捏好一张陶土的脸，我把它放在窑里焙烧，烧硬后在相当长的一段时间里保持不变。因为我的真理若要产生丰硕成果，必须稳定。如果你每日变换你的爱，你爱的会是谁？你又从哪里采取大行动？连续性才能使你的努力见效。创造是不多的，有时为了救急必须紧急创造，但是每天创造那就不妙。因为要一个人诞生，需要我几世代的时间。不能借口改良树木，我每天把它拔掉，换上一颗种子。

确实，我认识的生命，会生会活会死亡。你集合了山羊、绵羊、家园和山，今天从这个集合中产生了一个新的生命，改变了人的行为。它存在，然后衰竭，在生命的天赋耗尽时死亡。

诞生总是纯粹的创造，天上送来的火，使万物生动。生命不是按照一条连续的弧线走的。因为它是你面前的这颗蛇蛋。然后它慢慢演变，这是蛋的一种逻辑。然后到了那一秒钟，孵出了一条眼镜蛇，你的一切问题都起了变化。

工地上有工人在堆砌石头。这是堆砌石头的一种逻辑。然后到了那一时刻，神庙开光了，使人改变面目。人的一切问题都起了变化。

如果我把我的文明的种子投入你的心田，我必须超过一个生命的时间使它枝叶苗壮成长，开花结果。我拒绝每天换一副面目，因为不这样什么都不会诞生。

相信一个人的生命时间，那是你大错特错了。因为首先生命结束时，他把自己托付给了谁或给了什么？我需要一个神来收留我。

我需要在事物的纯朴中死去。第二年我的橄榄树会为我的孩子结出橄榄。这样我死亡时恬然安宁。

153 仪式是为了弥补裂痕，接受遗产

一个世代作为不速之客寄寓在另一个世代的甲壳里，这个形象总是缠绕在我的心际。于是我感到仪式是必要的，促使人在我的帝国内留下或接受他的遗产。我家需要的是居住者，而不是来去无踪的野营者。

这是为什么我把长长的仪式作为必要的东西强加给你，我用仪式来弥合百姓间的裂痕，务求他们的遗产不致散失。因为树当然不用关心自己的种子。自有风把它们吹落在四处，这不错。因为昆虫当然不用关心自己的虫卵。太阳会孵化它们。它们的一切都会含在自己的身体内，用身体来传宗接代。

若没有人携了你的手，向你指出积蓄的精华不是物，而是物的意义，你会变成什么呢？书中的字是谁都看得见的。但是我要你呕心沥血去掌握诗的这些钥匙。

同样我要求葬礼仪式隆重。因为这不是把尸体入土了事。而是要把你的死者的遗产毫无遗漏地接受下来，就像承受瓦罐破裂后的滴水。把一切抢救下来是很难的。迎接死者是漫长的过程。悲悼他们，回顾他们的一生，纪念他们的节日，都需要你花很长时间。还需要你好几次回过身来看有什么遗忘。

同样婚礼，是为儿女呱呱落地做准备的。因为把你们包容

在内的房子成了贮藏室、粮仓、库房。谁能说这里面藏了些什么？你们爱的艺术，你们笑的艺术，你们品味诗歌的艺术，你们镌刻银器的艺术，你们哭与思考的艺术，你们必须综合这一切，又把这一切托付给后人。你们的爱，我愿意它是一艘满载的船，今后跨越世代的深渊，而不是临时的结合，空自分享无聊的生活。

同样诞生的仪式，因为这也是弥合裂痕的一件大事。

这是为什么我要求举行仪式，在你婚嫁的时候，在你分娩的时候，在你死亡的时候，在你离别的时候，在你归来的时候，在你开始盖房子的时候，在你开始居住的时候，在你粮食储仓的时候，在你采摘葡萄的时候，在战争或和平到来的时候。

这是为什么我要求你教育孩子，让他们像你。因为这绝不是一名军士可把遗产交到他们手里的，遗产不写在他的手册里。如果别人可以把你的知识，还有你的各种想法教育他们，一旦脱离你总是有所损失，一切不能言传的也不会写在手册里。

你按照自己的形象培育他们，怕的是日后他们会毫无乐趣地徜徉在一座空营地里，由于找不到钥匙，让宝藏白白烂掉。

156　没有鸟的天空，埃尔克苏尔的井

刮起了一阵沙尘暴，挟着远方绿洲的碎片朝我们吹来，营地上落满了鸟。在每个帐篷下跟我们同住，不怕生，随意停在我们肩膀上，可是由于食物紧缺，每天死亡千余只，不久尸体发干发脆，像枯木的树皮。因为臭气冲天，我下令清除尸体。装了几大篓子，把这堆尘土倾倒在大海里。

当我们初次遭遇口渴时，我们在毒日头下建造海市蜃楼。在宁静的水面上反射出几何形城市，线条清纯。有个人疯了，大叫一声，朝着海的方向奔去。迁徙的野雁一声叫，会引起所有野雁的响应，我明白这人的叫声会动摇其他所有人。他们准备跟着这个通灵的人朝着海市蜃楼和虚无冲过去。一支枪瞄准他，把他撂倒。他只成了一具尸体，终于使我们安下心来。

我的一名士兵在哭。

"你怎么啦？"我对他说。

我以为他哭那个死去的人。

但是他发现脚下有我的一具发脆的鸟尸体，他哭天空光秃秃没有了鸟。

"当天空失去绒毛的时候，"他对我说，"对人的肌肤也是威胁。"

我们把那名工人从地心中吊起来，他晕了过去，但是他还是能够告诉我们井是干的。因为地下有淡水潮汐。有好几年水一直往北方的井流去。北方的井于是又成了血的源泉。但是这口井把我们拴住了，就像插在翅膀上的钉子。

每个人都想到了那些盛满枯木树皮的大篓子。

可是我们第二天傍晚重新集结埃尔巴赫尔井边。

夜色来临，我召集了向导：

"你们对我们谎报了井的情况。埃尔巴赫尔井是干的。我怎么处置你们？"

夜空深处星光闪烁，这一夜又伤心又壮丽。我们只有钻石当做粮食。

"我怎样处置你们？"我对向导说。

但是惩罚这些人毫无意义。我们不都要变成一堆蓬蒿了吗？

太阳升起，被沙漠的雾切成三角形，像插入我们肉体的一把锥子。有的人被打在脑门上倒了下来。许多人据称都发了疯。但是再也没有出现海市蜃楼，引动他们幻想清凉的城市。没有海市蜃楼，没有清晰的地平线，没有固定的线条。沙地环绕我们四周，上面有火光像在砖窑里乱跳。

我抬起头，通过涡形纹饰看到苍白的火棒，使火保持不灭。我想，"这是上帝的烙铁，把我们当牲畜似的打印记"。

"你怎么啦？"我对一个走路摇晃的人说。

"我眼睛瞎了。"

三头骆驼叫我下令宰了两头，我们喝它们内脏里的水。幸存的人给我们把空皮囊灌满，我统领这支骆驼队，派了几个人到据说情况不明的埃尔克苏尔井去。

"要是埃尔克苏尔井干了，"我对他们说，"你们死在那里跟死在这里都一样。"

隔了两天没有动静，这使我损失了三分之一的人。他们回来了。

"埃尔克苏尔井，"他们证实说，"是一扇开向生命的窗子。"

我们喝下水，集结埃尔克苏尔井，就可再喝，再装水。

沙尘暴停歇了，我们夜里抵达埃尔克苏尔井。井的周围有多刺植物。但是我们看到，不是没有叶子的木骷髅，而是几团乌黑的球体物，插在细木棍上。起初不明白看到的是什么，但是走近这些树木时，它们先后像喷火似的炸开了。原来是迁徙的乌鸦一下子吃光枝条上的叶子，把这里作为栖架，就像骨头旁边的肌肉纷纷开裂。起飞的乌鸦那么密，尽管那夜明月晶莹，还是把我们遮在阴影里。因为乌鸦不远飞，而是在我们头顶长时间振翅盘旋，扬起黑色滚滚尘土。

我们杀死了三千头乌鸦，因为我们缺少食物。

这次大大庆祝了一番。大家在沙地里做灶头，里面塞满干粪，像干草一样烧得炉火通明。空中飘起乌鸦的油脂香。井边当值的人不间歇地在做一根长达一百二十米的绳子，让我们的生命从地中心分娩。另一班人在营地各处配水，像给橘子树抗旱。

我这样慢慢走着，瞧着我的人又重生了。然后我离开他们，一旦回到孤独，我向上帝作这样的祈祷：

"主啊，我在同一天中看到我的军人肉体干瘪后又复活了。它已经像一段枯木的树皮，现在它又精力充沛，工作有效，复原的肌肉又可以把我们带往任何愿去的地方。可是只要一小时的阳光，我们就会从土地上消失，不留下丝毫痕迹。

"我听到笑声和歌声。我率领的军队是回忆的宝库。它是远方风土人情的钥匙。希望、痛苦、失望、欢乐都与它有关。它与外界不是孤立的，而是有千丝万缕的关系。可是只要一小时的阳光，我们就会从土地上消失，不留下丝毫痕迹。

"我率领他们去征服绿洲。他们将是蛮荒的种子。将把我们的习俗带给不知道这些习俗的人。这些人吃、喝，今晚只是过一种基本生活，一旦出现在肥沃的原野上，一切都会改变，不但习俗与语言，还有城墙的建筑与神庙的风格。他们担负一种重任，将在今后漫长的岁月中产生影响。可是只要一小时的阳光，我们就会从土地上消失，不留下丝毫痕迹。

"这件事他们不知道。他们那时渴了，现在肚子得到满足。可是埃尔克苏尔的井水拯救了诗、城市和空中大花园——这都是出于我的决心建造的。埃尔克苏尔的井水改变了世界。可是一小时的阳光就可以使井干涸，让我们从土地上消失，不留下丝毫痕迹。

"第一批从那里回来的人对我们说：'埃尔克苏尔井是一扇开向生命的窗子。'你的天使准备把我的军队扫入篓子，把它如同枯木的树皮倾倒在永恒中。我们通过这个针眼逃了出来。我就不会明白。从今以后，我若看到阳光下的一块平常大麦田，保持光与土的平衡，可以养活人，我就把它看作小车或小道，虽然不知道大车或大道从中而来。我看见从埃尔克苏尔井中走出了城市、神庙、城墙和空中大花园。

"我的人喝水，想到他们的肚子。他们只有肚子感到快乐。他们聚集在针眼四周。针眼底下一无所有，除了一只桶搅动黑水时发出的旋转声。但是水浇在干瘪的种子上，种子毫无反应，只感到吸水的乐趣，却会唤醒一种不为人知的力量，产生城市、神庙、城墙和空中大花园。

"我就不会明白，主若不是拱顶石、共同尺度、人与人的意义。大麦田和埃尔克苏尔井和我的军队，若没有主的存在，我发现都是分散的；主的存在才使我能去解读正在星光下建造的雉堞城墙。"

157　我要造城墙的人自己拆城墙

不久城池就出现在我们的视线内。但是我们什么都发现不了，除了巍峨的红城墙，向沙漠露出傲慢的背部，没有装饰，没有凸突面，没有雉堞，显然城墙的设计不是让人从外部观看的。

当你注视一座城池时，城池也在注视你。它竖起它的塔楼对着你。从雉堞后面观察你。它向你关闭或打开城门，还是它希望被人爱或向你微笑，朝着你展示脸部的饰物。每次攻占城市时，我们觉得它们投入了我们怀抱，因为它们造了就是供人参观的。高耸入云的城门，气派豪华的大道，不论你是游民还是征服者，总能得到王子般的款待。

但是城墙逐渐接近逐渐增大时，看来怎么好像带着悬峰的宁静，在对我们转过背去，仿佛城外一无所有似的，我的人有一种不祥之兆。

我们利用第一天绕着城墙侦察，慢慢地查看哪儿有缺口，哪儿有隐患，至少哪条道是封闭的。一个也没找到。我们在射程范围内猫腰前进，但是没遇到阻击打破静默，虽然有几名士兵愈益焦躁不安，擅自放出一梭子枪示威。但是城市在城墙后面，就像凯门鳄躲在甲壳里，不屑为了你走出梦境。

远处有一座山丘，并不俯视城墙，却可以驰目远眺，观察到一块水田芥似的密集绿地。而在城墙外面寸草不生。极目看到的只是曝晒在烈阳下的黄沙与岩石。绿洲的全部水源都被耐心地引到城内使用。一切植物集中在城墙里，就像头发束在头盔里。我们这些蠢人就闲逛在离天堂几步远的地方，里面花团锦簇，百禽争鸣，城墙像腰带似的把它们勒着，好比火山边上的玄武岩。

当士兵认识到城墙上没有一条裂缝，其中一部分人害怕了。因为自有人的记忆以来，这座城市从来不曾派送或接待过沙漠商旅。没有一名旅客随着行李带过来奇异风俗的感染。没有一名商人留下外乡常用的物件，也没有从远方掳来的女子给他们传宗接代。我的人觉得摸着了一个无名怪物的硬壳，它跟地球上的民族都不一样。因为船只遭遇海难，即使漂流到最边远的岛屿，你总会找到什么建立人的亲情，引起对方的微笑。但是这个怪物，即使让人看见，也不会露出它的面目。

然而也有一些其他人恰恰相反，心中躁动一种奇异的、不可名状的爱。只是有家业渊源的女子才会使你感动，她的身体内没有一滴异族的血，她的宗教与习俗中没有丝毫俚野杂音，她不是从民族大熔炉来的，大熔炉里一切都混杂不分，然后又四处流散。那个心爱的人，在自己的花园里成长，清新脱俗，香艳动人，真是个绝色美女！

但是其他人，还有我，一旦越过沙漠，遇到的事情深不可测。因为有反对你的人，有向你敞开心扉的人，也有用身子抵挡你的利剑的人，你可以考虑征服他，爱他或为此而死，但是用什么对付你一无所知的人呢？正在忐忑不安时我们发现，在那座又聋又哑的城墙四边的沙漠更白，因为堆着累累尸骨，无疑标志了远方客人的命运，犹如海边的泡沫流苏，海涛一浪浪把它们冲积在悬崖下。

夜色来临，我站在营帐前凝视矗立我们中间这座不可攻破的建筑物；我思索，我觉得这不只是一座要攻克的城池，而是我们遭遇到了围困。如果你在肥沃的地里嵌入一颗硬而完整的种子，种子被泥土包住，却没被泥土包围，因为你的种子一旦抽芽，果实就会盘踞土地。我想："墙头后面若有一件我们从未见过的乐器，弹奏出粗犷或忧郁的曲调，闻所未闻的音乐，经验告诉我一旦神秘的隔阂消除，士兵在悦耳的乐声中徜徉，以后我会在营地晚会上看到他们拨弄那些不寻常的乐器，试奏出一首新曲，他们的心就会跟往常不一样。"

我又想："征服者还是被征服者，我怎么区别！你看人群中这个不声不响的人。人群围着他，挤他，逼他。他若是空虚的人，人群会挤垮他。但是他若像我请来跳舞的舞姬是个充实、有城府的人，他若开口说话，他的话就会在人群中生根发芽，建立权威。他若前进，人群就会跟在后面前进，声势浩大。

"这片土地上哪儿只要有一个贤人，默不作声，运筹帷幄，他就可抵消你的千军万马，因为他如同一颗种子，你怎么识别他并把他斩首呢？他只通过他的力量又在大功告成时表示他的

存在，这就是生活，与世界是永远保持平衡的。向你鼓吹乌托
邦的疯子，你可以抗击他，但是你不能抗击一个思考现在与建
设现在而现在又正如他说的人。一切创造都是这样，因为创造
者从不显山露水。我把你引上高山，你从高山看到你的问题由
此得到解决，你怎么又能抗拒我呢？非此即彼，你必须如此。"

……

我的将军围着我还是大胆进言：

"城里的人若不愿意听你说，你又怎样争取他们呢？"

"这是因为你太爱饶舌，使人对你的声音充耳不闻。这些
人偶尔可以做到不听你，你认为他们又怎么能够做到不听见
你呢？"

"我努力争取为我的事业工作的那些人，要是意志坚强可以
对我的许愿装聋作哑。"

"当然，因为你暴露了自己！但是他若对某种音乐动感情，
你向他演奏，他将听到的就不是你，而是音乐。对他呕心沥血
要解决的一个问题，你若向他提出答案，他会被迫接受。尽管
他对你充满仇恨或轻视，他怎么还能面对自己假装继续去寻找
呢？如果一名赌徒走投无路，经你的指点有了脱身之计，你控
制了他，他会服从你，尽管他装得不把你放在眼里。你寻找的
东西，有人给你，你会收下的。那个女人寻找遗失的戒指或者
一个谜底。我找到戒指，把戒指给她，或者我悄声向她说出谜
底。她恨极了可以拒绝我的戒指或谜底，可是我控制了她，我
命令她坐下……她若还继续寻找那才是疯了……

　　"城里的人，他们必然也在盼望、寻找、期待、保护和培育某种东西。不然他们围着什么建筑城墙呢？你若在一口小井四周筑护墙，我在护墙外面造一个湖，你的护墙显得可笑，不攻自破。你若筑城墙保护一个秘密，而我的士兵在城墙四周，高声把你的秘密喊出来，你的城墙不攻自破，里面空若无物。你若在钻石四周筑造城墙，我在墙壁外把钻石像瓦砾似的撒在地上，你的城墙不攻自破，因为反而显出你的寒碜。你筑墙保护一个完美的舞蹈，我把同一个舞蹈跳得比你还好，你自己会拆了墙跟我学习。

　　"对城里的人，我要做的事首先很简单，让他们听到我的声音。然后他们会听从我。但是我若在他们的城墙下吹军号，他们会躺在城墙上高枕无忧，决不会听到我大吹法螺。因为你只听到为你而说的东西，使你在诉讼中壮大或者瓦解。

　　"尽管他们假装对我不理不睬，我还是要对他们攻心。因为你不是单独存在的这是一条大真理。周围的世界在变，你不可能依然故我。我可以不用接触你就对你攻心，因为不管你愿不愿意，我要改变的是你的意义，你对此是承受不了的。你是一个秘密的持有者，秘密不再存在，你的意义也有了改变。那个人在孤独中跳舞与朗读，我给你偷偷地在他周围布置了嘲笑的观众，然后我揭开幕布，他的舞蹈戛然而止。

　　"他若还跳个不停，准是个疯子。

"你的意义是其他人的意义组成的，不管你愿不愿意。你的情趣是由其他人的情趣组成的，不管你愿不愿意。你的行动是一场游戏的活动。一支舞蹈的舞步。我改变游戏或舞蹈，我也把你的行动转化为另一个行动。

"由于一种游戏你筑造城墙，也由于另一种游戏你自己拆毁城墙。

"因为你不是靠物而靠物的意义而生存的。

"城里的人，由于把城墙作为靠山，我要惩罚他们的是他们这个妄想。"

162　休息在死亡的唯一永久和平中

当你跟我说到这些人生活简朴，与世无争，遵奉自己的家庭美德，不事声张地过自己的节日，虔诚地抚养自己的孩子，我又发觉你依然遇事抱有幻想。

"当然，"我回答你说。"但是你给我说说什么是他们的美德？什么是他们的节日？什么是他们的神？这已经与众不同了，就像一棵树，它有自己的方法吸收沙漠的水分，跟另一棵树不一样。不如此的话你又在哪里去找他们呢？

"你说，他们只要求和平生活……当然。可是他们已经是战争了；还是以他们要长久的名义，既然他们不顾一切可能发生的事，不顾一切可能会融化他们的事而要求长久。树也是战争，即使在种子状态也是如此……"

"可是一旦他们的灵魂获救了就可以长久。一旦他们的道德……"

"当然！一个民族的历史一旦完成了，可以长久。你认识的这个未婚妻，年纪轻轻死去了。她以前在微笑。这个人是不会再老了，千秋万代年轻与微笑……但是你的部落，要么它征服世界同化了敌人，要么它在自身毁灭的酵母里得到磨炼。它生气勃勃然而会死去。"

"但是你祝愿形象长久，就像你对情人的回忆长久。"

但是你又回来反驳我说：

"如果说决定长久的形式现在变成了大家接受的传统、宗教与仪式，它就会把代码一代一代往下传而保持长久。你从孩子明亮的目光中看出形式是可喜的……"

"当然，"我对他说，"当你完成了你的积蓄，你可以以你采的蜜来生活一时。谁爬上了山顶，谁可以以山顶的征服来生活一时。他记得跨越过的石头。但是记忆立刻又会死亡，于是景色本身空了。

"当然你的节日使你重新去创造你的村庄或者你的宗教，因为节日是阶段、努力与牺牲的回忆。但是它们的力量逐渐衰亡，因为它们使你养成一个过时或无用的意识。你认为你这样是必要的。你的幸运的部落变得恬静不思动，从而不再生活。你若相信了这个景色，你待在那里，不久你就会厌倦，不再存在。

"你的宗教的精华，是在于获取宗教的行动。你以前相信过这是礼物。但是一件礼物你不久就不知道做什么用。力量是在礼物的乐趣，不是在礼物的占用上，你享受够了礼物的乐趣，礼物就会被你搁置在阁楼上。"

"那我就没有休息的希望了？"

"那是在积蓄发挥作用的地方。当上帝收谷进仓时，休息在死亡的唯一永久和平中。"

168　朋友与敌人只是你杜撰的字眼

你说："这个人是我的信徒，我可以用他。但是另一个人反对我，我不如把他划入另一个阵营，一点不想去影响他，除非通过战争。"

你这样做，是在坚定敌人，磨炼敌人。

而我要说的是，朋友与敌人只是你杜撰的字眼。字眼当然特指某个事物，就像给你描述你们若在战场上相遇的事情经过，但是一个人不是由一个字眼所能概括的。我认识有的敌人比我的朋友更接近，有的更有益，有的更尊重我。我对人的行动态度不是以他的言论为准的。我甚至要说我对敌人比对朋友更易施加影响，因为跟我走同一方向的人，相遇与交流的机会要少于跟我走反方向的人，后者不会放过我一个动作和一句话，因为这涉及他的安危。

当然我对这两种人施加的影响不同，因为我的过去是我继承过来的，我没有权力去改变一二。我占据的这片土地上面有一条河和一座山，我若到了这里跟人打仗，责怪山的位置与河的流向是荒谬的。从任何智力健全的征服者那里你不会听到这类埋怨。但是我会把河当作河利用，把山当作山利用。山处在这个位置可能不及处在另一个位置对我更有利，同时这个强者成为你的敌人肯定比成为你的盟友更加不利于你，但是遗憾自己不生于另一个时代或不作为另一个帝国的首领，这都属于梦的糟粕。但是由于这已存在，我必须独自面对，我只有对敌人和对朋友施加同样的影响力。这个影响用于这个方向多少有利，用于另一个方向多少不利。但是，如果对水平的杠杆施加影响，也就是用一个动作或一种力量来表示，在右面的天平盘里减去一个秤砣，或者在左面的天平盘里增添一个秤砣，这两种做法是相等的。

你从一个与你的历险无关的道德观点出发，把那个烦你、骂你、背叛你的人判罪，投入监狱，使他明天更加烦你、骂你或背叛你。而我，对那个背叛过我的人，就把他当作叛徒利用，因为他是棋盘上的一枚子，不可更改，我可以把他作为支点来设计与组织我的胜利。因为我对敌人的认识不正是一件武器么？以后会趁胜利之际把他送到吊刑架上。

181　麦粒长上翅膀随风飞舞

　　遇上了诉讼，我只有通过行动，不是凭词语带领我的百姓走向真理的光明。因为生活，重要的是像建造神庙那么建造，才能使它有一个面目。日子天天相同，像石头排列整齐，我怎么过呢？但是你现在老了你说："我纪念了我祖先的节日，我教育了我的孩子，然后给他们娶了亲成了家，还有其他人，一旦完成就被上帝召回身边——因为这一切都为了上帝的荣耀——我虔诚地把他们埋葬。"

　　因为对待你也像对待美妙的种子，种子把大地提升成了赞歌，献给阳光。然后这个麦子，你把它提升成了情人眼里的光芒，她向你微笑，然后她使你有了祈祷的内容。而我若撒播种子，就像在默诵晚祷。而我是那个在星光下漫步撒播种子的人，我若目光太浅，急功近利，就没法评估我的作用。从种子长出麦穗，麦穗变成人体，从人产生神庙歌颂上帝。我将会说这个麦子有能力组织石头。

　　为了使泥土变成寺院，只要麦粒长上翅膀，随风飞舞。

185　国王要他献上玫瑰花

　　我对你说一说宝藏的意义，宝藏首先是看不见的，因为它从来不是物质的要素。你认识那名夜访的客人。那个人不拘礼节在旅店里坐下，放下他的棍子，微笑。大家围住他："你从哪儿来？"你知道微笑的威力。

　　你不用走远去寻找音乐岛，海在四周绣上白色花边，仿佛就是海献给你的现成礼物——我若不事前让你接受海的礼仪，即使把你放到他们皇冠般的沙地上你也永远不会找到。你在海的女儿的怀抱里若不经过艰苦醒来，你得到的不是别的，只是遗忘爱情的能力。你从遗忘到遗忘，从死亡到死亡……你会跟我说起音乐岛："那里有什么值得生活的？"而深得其中三昧的人，会使全体船员燃起对它的爱，甘愿接受死亡的威胁。

　　逃避，不会使你丰富，也不会给你带来什么。但是你要适应一种游戏的义务，就像对待你的妻子。

　　啊！当沙漠没有粮食供给我时，我对孤独很有感触。如果没有远不可及的绿洲使沙漠充满芬芳，我用沙子来做什么？如果不作为奇风异俗的边疆，地平线的极限怎会引起我向往？远方若不在折冲樽俎，我如何会去关心风？物质若不服务于一个面目，对我又有什么用？但是我们在沙地上坐下。我对你说一说你的沙漠，我向你揭开这一个面目，而不是另一个面目。你将会改变，因为你属于这个世界。当你坐在自家的房间里，我若对你说房子着火了，你会镇静自若吗？你若听到情人的脚步声呢？即使她不是向着你走来，也不会改变。不要跟我说我宣扬幻觉。我不要求你相信，但是要阅读。没有全局，局部算什么？没有神庙，石头算什么？没有沙漠，绿洲算什么？你若住在岛屿中央，要了解自己位置，必须有我在这里跟你说海！你若住在这片沙漠中，必须有我在这里跟你说那次远方的婚礼，奇遇，那个解放的女俘，那次敌人的行军。远方营帐下举行的婚礼，不会把仪式的光芒照到你的沙漠，这样说是错的，因为它的权力到哪里为止呢？

我将根据你的习俗与内心倾向跟你说话。我馈赠的将是事物的意义，经过的道路，途中的饥渴。我作为国王，赐给你的只是一棵玫瑰树，它可以使你充实，而我要求它长出玫瑰花。从那时起建造你自我解放的阶梯。你首先会翻土锄地，起早浇水。你监督你的成果，保护它不受虫害。然后即将绽开的蓓蕾让你感慨，然后玫瑰花开，采摘的那天将是你的节日。你采了花献给我，我从你的手里接过了花，你等待着。一株玫瑰花你拿了无用。你拿它换来了我的微笑……你回家路上，国王的微笑照着你像太阳。

186　燧石与荆棘已有玉体的幽香

　　沙漠骆驼队的意义不是体现在单调相像的一前一后的步子里。但是如果你收紧松动的绳结，催促走在后面的人，准备过夜的营帐，给牲口饮水，那么你已经进入爱的仪式，恰如过会儿皇冠般的绿洲使你的旅程告一段落时，你进入了棕榈林；恰如过会儿，其实只是穷乡的矮墙映入你的眼帘，你的神居住的城已经熠熠生辉，让你已像在里面走来走去。

　　因为，你的神居住的地方是不计距离的。首先燧石与荆棘使你认出了神。它们是崇拜的对象和升华的器物。恰如引导你走进妻子卧室的阶梯。恰如诗篇中的语言。它们是你的魔法的组成部分，因为你出了大汗，磨破了膝盖，才使城市呈现。你已经发现它们跟城市是很像的，犹如水果像阳光，胶泥的纹理像正在创作的雕塑师的心路。你已经知道到了第三十天，你的燧石中会生出大理石，你的刺茎植物中会生出玫瑰花，你的荒地上会开出水井。既然你知道自己一步步建造你的城市，怎么还会对自己的创造厌倦呢？当我的牵骆驼人露出倦容时，我总是对他们说，他们也在建造有蓝色水池的城市，种植丰产的橘树，恰如石材搬运工或园丁。我对他们说："你们一举一动都是你们的仪式。你们开始唤醒失去的城市。你们通过运送的材料也在雕塑绰约多姿的少女。这是为什么你们的燧石与荆棘已有了玉体的幽香。"

　　但是其他人看到的是日常平凡的工作。鼠目寸光，埋头工作，他们看不见船只，只看见甲板上的钉子。对沙漠中行走的骆驼队他们只看到反复不已的这一步，任何女人对他们都是卖身，因为他们把她当作礼物犒赏自己，图的是一时快乐。其实应该通过燧石与荆棘的道路，走近棕榈林，用手指轻轻推开房门才能到达她。当人从远方来，这个动作简直是如同会使死者复生的奇迹。

　　啊！只有那时候，她才会向你盛开，从时间的灰尘中复苏，慢慢走出你的孤独之夜，释放出香味，又一次开始你在人世的青春。爱情对你又将开始。只有耐心驯养羚羊的人，才会从羚羊身上得到回报。

193 口渴颠沛的遗憾也胜过把井忘怀

因为你的平等观把你毁了。你说："这颗珍珠由大家平分。哪个潜水员都会找到的。"

那样，海就不再神奇，不成为快乐的源泉与命运的奇迹。由于某一颗黑珍珠在哪一年被另一个人找去，深海潜水不再是一件神迹的礼仪，也不像一场传奇历险那么引人入胜。

同样，我希望你长年节衣缩食去准备唯一的节日，节日意义不存在于节日本身，节日瞬息即逝——节日是孵化，是胜利，是王子莅临——但是其意义是使你整个一年散发香味，心存期望，回忆报答，因为只有通往海的路是美的。你准备草窝是为了孵化，孵化不是草窝的本质，你艰苦奋战是为了胜利，胜利不是奋战的本质；你忙了一年布置房屋迎接王子——同样我希望你不要以一种无谓的正义的名义，叫大家一律平等，因为你绝不可能使老年人与青年人平等，你的平等是不平等的。你瓜分珍珠，使谁都得不到什么，我要你放弃你菲薄的一份，让那个得到整颗珍珠的人，回到家笑容灿烂，因为他的妻子问他时，他说："你猜猜！"让她看到握紧的拳头，因为他要刺激她的好奇，心里暗喜，自己有权力只要张开手就可散播幸福……

人人都分享富有，这证明海底采珠不是一桩单纯的苦活。

犹如游吟诗人向你说唱爱情传奇，教育你如何欣赏爱情。他们歌颂的美使女人个个都美了起来。若有一个女人值得人为了得到她而死，通过她说明爱情是值得人为之去死的，女人个个都为此高兴，为此美丽，因为每个女人都秘藏着一颗她特有的神奇珍珠，像海一样。每次走近她们中间一个人，你不会不心跳，就像珊瑚湾的潜水员，当他们以海为家的时候。

当你准备节日时，你对平常日子是不公正的，但是即将来临的节日使平常日子充满芬芳，你也因而更加富有。你若不分享邻居的珍珠，你对自己是不公正的，但是珍珠归他所有，使你对今后的潜水兴高采烈，犹如我提到那口井，在远方绿洲中心汩汩出水，也使沙漠充满魔力。

啊！你的公正要求天天都相似，人人都相等。假若你的妻子爱吵爱闹，你可以休了她，重找一个不吵不闹的女人。你是礼物柜，但是你从来不曾收到自己的礼物。但是我希望爱情长久。只有选择后永不反悔的地方才生长爱情，因为不离不弃对于成长是重要的。埋伏、狩猎、捕获的乐趣不同于爱情。因为你在那时的意义是猎人的意义。女人的意义是猎物的意义。这是为什么她一旦被俘，她遵命侍候就失去了原有的价值。写成的诗对于诗人有何意义？它的意义是创作更多的诗。但是我给你家的这对夫妇关上门，你就应该比她走得更远。你的意义是做丈夫，女人的意义是做妻子。我给那个词加上更沉重的意义，你深情地说"我的妻子"，你会发现其他的欢乐。也有其他的煎熬。但是煎熬是你欢乐的条件。你可以为那个人去死，因

为她是你的，就像你是她的。你不会为你的女俘去死的。你的
忠诚是有信仰者的忠诚，不是疲倦的猎人的忠诚。后者的忠诚
不可同日而语，散布的是厌倦之情，而不是光明。

当然，有的潜水员找不到珍珠。有的人在他们自己选择的
床上得到的也只是痛苦。但是第一种人的不幸是海洋令人向往
的条件。这对大家都有益，对什么都没有找到的人也是如此。
第二种人的不幸是爱情令人向往的条件，这对大家都有益，对
于痛苦的人也是如此。因为对爱情的期望、疾恨与郁悒，胜过
不知爱情为何物的牲畜的内心平和。同样，你在沙漠深处的荆
棘丛中口渴颠沛，有遗憾也胜过把井忘怀。

199 我给你喂的是燧石，饮的是荆棘

我祈祷上帝给我教诲，蒙主慈悲中要我回忆朝着圣城走去的骆驼队，虽然我最初一点不明白，看到牵骆驼人和阳光如何能够给我指点迷津。

我的百姓啊，我看见你们遵照我的命令在准备朝圣事宜。最后一晚的活动在我总像在品味唯一的蜂蜜。因为远征的准备工作犹如造船竣工后的下水典礼，意义不下于造雕像和盖神庙，使用锤子，刺激你们的构思、运算与臂力。现在其意义不下于旅行，因为要为它抵御风暴。犹如对待那个女儿，养育了她，也责怪过她喜爱打扮——但是到了新郎等待她的那天黎明，总是嫌她不够漂亮，倾家荡产为她购置麻布和金镯，因为这也就像给船只举行下水典礼。

擦好物品，钉好箱子，系好包裹，你们在牲口中间神气十足，拍拍这头，骂骂那头，用膝盖抵住收紧皮带，驮子捆扎定当，看到它既不往左也不往右松动非常得意，认识到这些牲口在石头中间步履艰难，磕磕碰碰，然而货物悬在空中还是保持弹性的平衡，好像一棵橘树，摇晃风中，枝头上一簇簇橘子从不跌落。

我那时欣赏你们的热情，我的百姓啊！你们正以四十天的沙漠生活准备自己的脱骨换胎。我不听风言风语，也从不把你

们看错。因为出发前夕，我怀着沉默的爱走过来，你们在铁扣的碰击声和牲口的咕噜声中，激烈讨论选择哪条路线，指派哪名向导，每人担当什么任务。我没听到你们夸耀这次旅行，反而刻意描绘去年征途上的苦难，枯井，熏风，躲在沙下的蛇，好似肉眼看不见的神经，随时要咬人，强盗的埋伏，疾病与死亡；我听到这些不奇怪，知道这是羞于提到爱。

你们首先歌颂圣城金色拱顶的同时，假装不为自己的神慷慨激昂，这很好，因为神绝不是现成的礼物，也不是储藏某地的粮食，只是受苦受难后的欢庆与加冕典礼而已。

……

骆驼队开始迈步走。从那时开始了不为人知的消化，寂静，蛹脱壳的盲目之夜，厌恶，怀疑，伤害，因为一切蜕变都是痛苦的。你再也不适宜慷慨激昂，但是不理解也保持忠诚，因为对你已无所期望，因为昨日的你应该死去。你只是一阵阵怀念，怀念家园的清风，怀念银壶，这是饮茶的时刻，由她作伴进入爱情。甚至回忆起窗下摇曳的树枝，庭院里公鸡的啼声，对你也是残酷的。你会说："我那时候在家！"现在你哪儿都不在了。清晨被你唤醒的驴子对你也充满神秘，因为对你的马或狗还有点了解，它们对你做出反应。这是个自我封闭的动物，以什么脾性喜欢它的草地、棚子或者你本人，你一无所知。你飘零孤单，有时也会伸出手臂抱住它的颈子，拍拍它的鼻嘴，取悦这个冥顽不灵的生物。当然，那天遇到一口枯井，在你奉为神明的泥地上渗出几滴水，泉水的知心话伤透你的心。

这样沙漠的蛹壳又把你封闭了，因为从第三天起，你的步子开始陷在一望无际的软地上。你受到抵制，也就受到激励，斗士的拳头会引起你的还击。但是沙漠接受你的脚步，一步又一步像是一场没完没了的庭审，吞没你的申诉，把你引入静默。从黎明起你就精疲力竭了，左边那条白垩色地平线到了傍晚，还没有明显转向。你像个孩子消耗自己，一铲又一铲，妄图移去大山。但是你的工作没有使山有丝毫移动。你在无边的自由中不知所措，热诚正在窒息。这样，我的百姓，在这些旅途中，我每次给你喂的是燧石，饮的是荆棘。我叫你在夜里寒冷彻骨。又叫你在沙上熏风烧身，你必须头裹在风帽里满地打滚，满口沙子，对着烈阳渗不出半滴汗水。经验告诉我一切安慰的话都是无用的。

我对你说："以后会有一个海底似的夜晚，风吹成堆的沙子像安静的麦垛睡着。你在凉意中走在一块既硬又有弹性的地上……"但是对你说话时我嘴唇上有一股谎言的味道，因为我在敦促你去做个不同于自己的人。我怀着沉默的爱，不会对你的咒骂感到冒犯。

"主啊，你可能是对的！上帝可能在明天，把幸存者装扮成张口结舌的群众。但是这些陌生人与我们有何相干！此刻我们只是一小撮陷入火圈里的蝎子！"

主啊，他们应该为了你的荣耀而存在。

或者，北风在黑夜中醒来，尽显残酷的本色，像大刀一挥把天上乌云扫空。赤裸裸的大地热气全消，而人被星星钉在地上瑟瑟发抖。我有什么要说的呢？

"黎明与阳光会回来的。太阳的热气如同血液在你们的四肢内缓缓流动。闭上眼睛，你们会感觉到它在体内……"

但是他们回答我说：

"在我们这块地方，上帝可能明天会开出一个幸运植物的菜园子，细心照料。可是我们今夜只是遭风雨摧残的一小畦黑麦。"

主啊，他们应该为了你的荣耀而存在。

这时，我避开他们的苦难，向上帝这样祈祷："主啊！他们拒绝我的不解渴的饮水是对的。然而他们的埋怨也是不重要的：我像个外科大夫，给他们去除腐肉，也使他们喊叫。我知道他们内心贮藏一份欢乐，虽然我找不到话把它释放。无疑现在还不是时候。重要的是水果必须成熟然后才甜蜜。我们正在经历它的痛苦时刻。心里只感到苦涩。时光流逝，其作用是治愈我们的创伤，引导我们为你的荣耀欢乐。"

往前走的路上，我继续给我的百姓喂燧石，饮荆棘。

起初，我们走出的神奇的步子，跟已在旷野中走过的数不清的步子没有什么区别。长征仪式结束时举行庆祝。众多时刻中得到祝圣的一个时刻，才刺破蛹壳，放出带翅膀的珍宝，飞向光明。

205　黑色地砖，金色地砖，我不再属于这块乡土

我就是这样了解节日的，这就是你从一个形态进入另一个形态的时刻，而履行仪式则给你准备一次诞生。我给你说过船。很长时间是用木板和钉子建成的一幢房子，一旦配备了帆缆索具，就成了大海的新娘。你把它出嫁。这就是节日的时刻。但是生活中你不是时时刻刻都在让船只下水的。

我对你说到你的孩子时这样说过。他的诞生是节日。但是你不会接连好几年天天为他的出生高兴得搓手掌。你等待某个形态改变，过另一个节日，就像你的果树产生的果实，成为一棵新树的根部，到另一个地方建立你的王朝。我对你提到收获庄稼时这样说过。粮食入仓是个节日。然后又是播种。然后又是春天的节日，使你的种子变成一潭清水似的嫩绿。然后你又等待，到了收获的节日，然后又一次入仓。这样从节日到节日，直到死亡，生命是没有储存的。天下从来没有不从哪儿来，又不往哪儿去的节日。一路上走了很久。门打开。这一刻就是节日。但是你在这个客厅待的时间不见得超过别的客厅。可是我愿意你高高兴兴跨出门槛往哪儿去，把你的欢乐留到你打破蛹壳的时刻。因为你的家室不大，哨兵的心地也不是时时闪光的。若有可能，我要把它留到锣鼓喧天的胜利日子。你必须思想里保存一种欲望似的东西，又要求它经常隐忍在心。

　　我在深宫内慢慢往前走，慢步踏在金色地砖上，慢步踏在黑色地砖上。中午由于遮在阴影里清凉如水。我一步一摇，是个不知疲劳的船夫，朝着我去的方向。因为我不再属于这块乡土。

　　门厅的墙慢慢旋转，我若举目观看拱顶，看到它像桥拱轻轻摆动。慢步踏在金色地砖上，慢步踏在黑色地砖上，我慢慢做我的工作，像个打井的人，把地下的瓦砾给你往上抬。他们柔软的肌肉随着绳索的喊声打节拍。我知道我往哪儿去，我不再属于这块乡土。

　　从门厅到门厅，我继续我的旅程。墙是这样的。墙上悬挂的装饰是这样的。我绕过放着枝形烛台的镶银大桌子。我手抚某一根大理石柱子。它是凉的。永远如此。我进入生活区。声音传到我耳里仿佛身在梦中，因为我不再属于这块乡土。

　　家庭的嘈杂声在我充满温情。发出肺腑的心曲听来总是悦耳的。没有东西完全睡熟。就是你的那条狗，在睡梦中有时轻吠几声，凭想起来挪动几下身子。我的宫殿也是如此，虽然午间使它昏昏睡去。静默中总会有一扇门不知在哪里碰撞。你想到女仆、女眷的工作。因为这不是她们的领域吗？她们给你叠好干净的衣物放入篮里。她们两人蹑行送去。现在她们放整齐后关上大柜子。这里是一种过去时代的做法。一种义务得到了遵守。有什么事刚刚完成。那么现在无疑是休息了，但是我知道什么呢？我不再属于这块乡土。

　　从门厅到门厅，从黑色地砖到金色地砖，我慢慢绕过膳房。我认出瓷器的歌声。然后有人提了一把银壶撞上了我。然后深宫的一扇门微弱碰击声。然后静默。然后一阵快步声。什么东西忘了，必须要你去做，比如牛奶溢了，或者孩子叫了，或者仅仅是一种熟悉的嗡嗡声意想不到地停止了。什么零件刚才在水泵、主轴或磨面机中卡住了。你跑去让那个谦卑的祈祷声重新响起……

但是脚步声消失了，因为牛奶已经脱险，孩子也哄好了，泵、主轴或磨面机已经重新念起它们的经文。躲过了一场危机。包扎了一道伤口。有一件遗忘的事记起来了。什么事？我不知道。我不再属于这块乡土。

现在我进入气味王国。我的宫殿像一个食品储藏室，它在慢慢准备水果的蜜汁和酒的醇香。我像穿越看不见的省份。这里是成熟的木瓜。我闭上眼睛，它们的香味传得很远。这里是木盒的檀香味。这里只是清洗不久的地砖地。几世代以来各个香味都凝集一处不散，就是盲人也可凭此认路。显然父亲在位时这些属地已存在了。但是我走过去，并不怎样去想。我不再属于这块乡土。

奴隶，根据相遇的礼仪，在我经过时退到墙边。但是我一片好意对他说"给我瞧瞧你的篓子"，让他感到自己在世上的重要性。他举起发亮的双臂，小心翼翼从头上取下篓子。他低垂双目，用枣子、无花果和橘子向我献礼。我深深嗅一嗅气味。然后我笑了。那时他咧开嘴笑了，违反相遇的礼仪，他直视我的眼睛。他双臂一举又把篓子放到头上，目光依然盯着我看。

我心想："这盏点燃的灯意味什么？因为叛乱与爱情像火熊熊燃烧！在深宫厚墙后面燃烧的幽火意味什么？"我细看奴隶，仿佛他是海底深沟。我心想："啊！人的神秘高深莫测！"我解决不了谜底继续走我的路，因为我不再属于这块乡土。

我穿过休息厅。我穿过议事厅，在这里加快了脚步。然后我慢慢下楼，一级级走下台阶，台阶一直延伸到最后一个门厅。当我开始在这里面踱步时，我听到一个低沉的声响，和一种兵器碰击声。我宽容地笑了：肯定我的哨兵在打瞌睡，中午的宫殿就像沉睡的蜂窝，一切都是慢悠悠的；只有睡不着的任性女人，奔去找东西的健忘女人，才会做个短暂的动作，或者永远不会少的调整、改进、挪动带来的闹声打破平静。羊群也是如此，总是有一只在咩咩叫；沉睡的城市也是如此，总会响起一个不可理解的叫声；即使在一片死气的坟地，也还有一名更夫踽踽独行。我继续慢步走我的路，低下头不去看匆忙整理衣帽的哨兵，因为这对我不重要：我不再属于这块乡土。

这时，他们挺起身子，向我敬礼，给我打开双扉门，我在白日无情的逼视下，眯起眼睛，在门槛上待了片刻。因为这里已是乡野。环绕的丘陵借阳光温暖我的葡萄园。我的庄稼垛成了方堆子。土地散发白垩土的气味。蜜蜂、蚱蜢、蟋蟀组成了另一种音乐。我从一种文明进到另一种文明。帝国日当正午，我要尽情呼吸。

我刚刚诞生了。

211　我把远处这个沙丘当作舒适的驿站

那个目光严厉的预言家来见我，他日日夜夜心怀一股神圣的怒火，此外还是个独眼。

他对我说："必须拯救正义的人。"

我回答他说："当然，惩罚他们显然是没有理由的。"

"把他们跟有罪的人区别。"

我回答他说："当然，最完美的人应该树立为榜样。你选择最优秀雕塑家的最优秀作品放在底座上。你给孩子朗读最优秀诗篇。你希望最美的女人做王后。因为完美是宜于指明的一个方向，虽然要达到它不是你力所能及的。"

但是预言家冒火了：

"一旦筛选出了正义的人群，就要拯救他们，这样把邪恶一劳永逸地消灭掉。"

"哎！"我对他说，"你也过于强横了。因为你妄图把花朵与树木分离。颂扬庄稼而不要肥料。拯救优秀雕塑家而叫拙劣雕塑家脑袋落地。而我认识的人多少都是不完美的，从泥土到花朵，这是树的升华。我要说的是帝国的完美是建立在不怕丢丑的人身上的。"

"你赞赏丢丑！"

"我也赞赏你的愚蠢，因为提倡美德，作为一种完全值得称道和可以实现的完美状态，那是对的。设想十全十美的人是对的，虽然他不可能存在，首先因为人是有缺陷的，其次因为绝对的完美，不论存在何处，必然带来死亡。但还是用方向代替目的为好。不然朝着一个不可达到的目的前进你会生厌的。我曾在沙漠中饱经风霜。起初觉得它无法克服。但是我把远处这个沙丘当作舒适的驿站。我到了那里，它就失去了权力。我于是给自己选择另一个瞄准目标。从目标到目标，我从沙地里脱身出险了。

"不怕羞。或者是单纯与无辜的一个标志，就像羚羊也不怕羞，你若进行开导，会把不怕羞转化成坦率有品德，或者是去冒犯怕羞的人而得到乐趣，不怕羞是建立在怕羞的基础上的。两者彼此相依，彼此巩固。当醉醺醺的士兵经过时，你看到那些妈妈追着女儿，不许她们出门。而你的乌托邦帝国的士兵，都养成目不斜视的习惯，他们在也仿佛不在似的，你家的女儿即使赤裸裸洗澡你也不觉得有什么不妥当。但是我的帝国的怕羞不等同于没羞耻（因为最知羞耻的人都已死了）。怕羞是内心的热诚，含蓄，自尊和勇气。它是保护已经酿成的蜂窝，为了一场爱情而献出。如果什么地方有一个醉酒的士兵，我的国内就会去建立怕羞的品德。"

"那么你希望你的喝醉酒的士兵满口粗话……"

"恰恰相反，我会惩罚他们，要他们培育羞耻感。但是同样可能的是我愈要他们认识羞耻，他们对冒犯愈加沉湎。攀登高峰比踏上小丘的乐趣更多。征服一个顽强的敌人比打倒一个不思自卫的胆小鬼激发更多的豪情。女人蒙上面纱，也更刺激你的欲望，要看一看她们长得怎么样。惩罚是为了平衡欲念，我根据帝国民情的紧张程度来决定惩罚的宽严。若要把一条河流挡在山口，我就要估算堤坝的厚度。这是我的力量的标志。因为，当然，拦住一摊水，我只需一道纸墙。我怎么用阉人当士兵呢？我要他们顶住墙头抵挡，只有那时，他们才会干大恶或大善的事，这可以把恶化解。"

"那么你希望他们满脑子伤风败俗的念头……"

"不。你没明白我的意思，"我对他说。

219　今天早晨，我修剪了我的玫瑰树

我想过在你心中建立兄弟之爱，同时我又使你感到兄弟别离之苦。我想过在你心中建立夫妻之爱，我又使你感到夫妻别离之苦。我想过在你心中建立朋友之爱，同时我又使你感到朋友别离之苦，犹如掘井的人也会感到缺井之苦。

但是发现你受苦莫大于别离，我愿意治愈你，教导怎样找到存在。因为对于正在渴死的人来说，不存在的井要比没有井的世界更加甜蜜。即使你终生流落他乡，老家起火还是会叫你痛哭流涕。

我认识慷慨的种种存在，好比是树，伸展它们的枝叶，形成满地浓荫。因为我是居住的人，将给你指出你的家。

请你回忆一下你拥抱妻子时的情意；由于黎明使蔬菜恢复了原有的颜色，你把它们装到驴子背上，巍颠颠的一座金字塔，你要赶路上市场去卖。你的妻子向你微笑。她留在门槛上，跟你一样准备干自己的一份活，因为她将打扫房间，擦亮炊具，忙于给你做饭，想你，因为她张罗着就是给你酝酿惊喜，她想："他不要回家太早，给他闯见会叫我好扫兴……"虽然表面看来你愈走愈远，她又期望你晚些回来，但是没有东西把你与她隔开。对你也是这样，因为你出门也是为了家，你要修补老屋，创造快乐。你早在计划用赚来的钱买一块厚羊毛毯

子，给妻子买一根银项链。这就是为什么你一路上唱歌，享受爱情的和平，虽然表面上你是在放逐中。你建设你的家，轻轻挥动你的棍子，给驴子指路，扶正你的篓子，揉揉眼睛，因为天色还早。你比平常有闲的时候还要接近妻子，那时你站在门前朝地平线转过身去，甚至没有想到再转过身来欣赏你的王国内的任何东西，因为那时你想到的反而是你欲去参加的一场远方婚礼，或者某件苦活，或者某个朋友。

现在你与驴子都更加清醒了，逢上驴子表示自己的工作热情时，你倾听持续不长的小跑步像石子在唱歌，你默想你的早晨。你笑了。因为你已经选中了那家铺子，在那里为那个银镯头讨价还价。你认识那个老店主。他见到你去就高兴，因为你是他的好朋友。他问起你的妻子。他向你打听她的健康，因为你的妻子是个可爱的娇弱女子。他跟你说了她那么多好话，语调那么动人，即使最不在意的过路人，听到那些赞词，也认为她值得你为她买金镯头。但是你叹一口气。因为这就是生活。你不是国王。你是个菜农。那个商人也叹一口气。当你们对高不可攀的金镯头赞赏过后叹口气，他对你承认他觉得银镯头更可取。他给你解释："一只镯头，首先应该分量重。金镯头都是轻的。镯头有种神秘性。主要是链子的第一道节把你们两人连接一起。爱情中链子的分量给人一种甜蜜的感觉。手拉面纱，优雅地举起手臂，镯头应该重，因为它跟心是相通的。"商人从店铺后间向你走回来，带了他的最重的一只镯头，他请你试试分量的效果，闭着眼睛把它晃来晃去，想想你会是多少快乐。你被迫试了一试。你承认不假。你又叹了一口气。因为这就是生活。你不是一支富裕的骆驼队老大。而是一名赶驴子的驴夫。你指指等在门前的那头驴子，可不怎么健壮！你会说："我的货物那么少，它今天早晨驮着还能跑呢。"商人也叹了一口气。当你们对高不可攀的重镯头赞赏过后叹口气，他向你承认有轻的镯头，雕工精细，质量要胜过其他镯头，他给你取出你希望买的那个。几天以来，你像一国之主，按照自己的智慧作决定。留出当月的一部分利润买厚羊毛毯子，另一部分买一只新耧耙，还有另一部分买每日的伙食……

这时开始真正的舞蹈，因为商人了解人的心理。他若感到鱼儿已经上钩，决不会轻易放线。但是你对他说镯头太贵，跟他道别。他又叫住你。他是你的朋友。你的妻子那么美丽，他同意让点儿价。卖掉这件珍品落入丑妇手里他会难过死的。你往回走，但是步子慢慢的。你像在走回头路。你嘟嘴。你掂掂镯头。镯头不重不值钱。银子不太亮。你在另一家店里看到一块漂亮的花布料子。你在小首饰与美丽花料子之间犹豫不决。但是你也不应该太摆谱了，因为实在无法跟你做成交易，他也会让你走的。你面孔一红结结巴巴编个拙劣的借口说下次再来。

当然，对人毫不了解的那个人，会认为这是在跳斋蔷的舞蹈，而这恰是爱的舞蹈，听到他谈驴子、蔬菜或者对金银重量与做工发表一套哲理，这样绕圈子推迟你回家的时刻，以为你反正离家远着呢，其实这个时刻你才是真正地住在家里。如果你按着家的仪式或爱的仪式走步子，说不上不在家或者没有爱情。你的不在一点不分离你而是结合你，不拆散你而是融合你。你能跟我说不在的分界线在哪儿吗？如果仪式顺利完成，如果你凝视把你们融为一体的神，如果这位神温暖人心，谁能把你跟家或朋友分离呢？我认识几个儿子，他们对我说："父亲过世时，老家左厢房没有盖成，我来盖。树没有种好，我来种。父亲过世时留下一些工作要由别人继续完成，我继续完成。或者向国王效忠，我来效忠。"我就不觉得在这样的家庭里父亲已经过世了。

至于你的朋友和你，如果你在你以外的地方或者他以外的地方去寻找共同的根，如果通过对不同物质的阅读，你们两人有一种联结事物的神圣纽结，那么距离与时间都不能把你们分开，因为使你们融为一体的神把墙壁与海视为无物。

我认识一个老园丁，他跟我说起他的朋友。生活把他们隔开以前，两人长期在一起情同手足，晚上一起喝茶，庆祝共同的节日，找对方询求意见或说知心话。当然他们已没有多少事可以向对方说的，更多时候是看到他们工作完毕一起散步，一言不发望着花朵、花园、天空和树林。但是如果哪一个一边用手指轻拍某一株植物一边摇头，另一个就会俯下身，看到毛虫的踪迹，也跟着摇头。鲜花盛开给他们两人带来同样的欢乐。

后来有一名商人雇用另一个园丁，要他为一支骆驼队工作几个星期。但是骆驼队遭劫，然后生活中的意外事件、帝国间的战争、暴风雨、洪水、破产、丧事和谋生，使园丁就像海面上一只木桶，流离颠沛好几年，看管一家又一家的花园，直到世界的尽头。

我的那个园丁步入沉默的老年以后，收到他朋友的一封信。信在途中漂泊了几年只有上帝知道了。只有上帝知道哪些驿车，哪些驿使，哪些船只，哪些骆驼队轮流领着它越过千山万水，怀着同样的执著到了他的花园。那天早晨，他喜气洋洋，要我分享他的幸福，要求我念一念他收到的信，仿佛有的人要求朗读一首诗。他窥视我读的时候有没有为之动容。其实那里面才几句话，因为这两个园丁拿铲子要比拿笔杆灵巧多了。我读到的只是："今天早晨，我修剪了我的玫瑰树……"然后信的主题在我看来无法捉摸，我沉思良久，摇摇头，好像他们做的一样。

然而我的园丁开始寝食不安了。你可以见到他打听地理、航海、驿站、骆驼队和帝国之间战争情况。三年后逢上有一天，我要派遣一名使官到地球的另一端。我把我的园丁召来："你给你的朋友写封信吧。"这下我的树木果蔬都遭了殃，对毛虫却是大喜日子，因为他好几天闭门不出，像个孩子写字时伸出舌头，把那封信改了又改，撕了又写，因为他知道自己有急事要说，他要带着一片真情上他的朋友家去。他必须在悬崖上架起自己的吊桥，穿越时间与空间去跟自己的另一部分会合。他要向他叙说衷情。他满脸通红把他的回信交给我，这次又在我脸上察看收信人读了有无喜悦的反应，先要在我身上试一试他的知心话的震撼力。我看到上面写得用心但很拙劣的笔迹，

好似一首深信不疑的祷告词，用的字很平凡："今天早晨，我
修剪了我的玫瑰树……"我读了这句话不作声了，对着主题默
思，其意义开始向我显现，因为主啊，他们在歌颂你，并不意
识到自己超越玫瑰树，在你的身上结合。

……

看到园丁跟他的朋友交流那么幸福，偶尔我也想根据他们
的神去跟我的帝国的园丁联系。晨曦出现前不久，我徐步走下
宫廷台阶，前往花园。我朝着玫瑰树的方向走去。而我这个午
时一到手操生杀大权，制定和战决策决定帝国存亡的人，却这
里观望一下，那里观望一下，俯下身对着某根枝条凝望。然后
我勉力放下工作站起身，因为我老了，为了通过唯一有效的
道路跟他们汇合，我在心里只是对所有去世与在世的园丁说：
"今天早晨我也是，我修剪了我的玫瑰树。"这么一条信息，要
不要走上几年，传不传到某人那里，都不重要。这不是信息的
目标。为了跟我的园丁汇合，我只是景仰他们的神，那就是日
出时的玫瑰树。

主啊，关于我将超越自我后才可汇合的亲爱的敌人也是如
此。因为他跟我相像，他也这样做事。于是我按照我的智慧
执行正义。他按照他的智慧执行正义。这两种智慧显然是矛
盾的，如果两者相冲突，我们之间的战争持续不断。但是他
与我，通过不同的道路，凭各自的掌心去感觉同一团火焰的热
量。主啊，只有在你身上它们才会汇合。

我的工作完毕后，我美化了我的百姓的心灵。他的工作完

毕后，他美化了他的百姓的心灵。我想到他，他想到我，虽然没有一种语言我们能用来使我们相遇，当我们审判或制订仪式，惩罚或赦免，我们可以——他代替我犹如我代替他——说一句："今天早晨，我修剪了我的玫瑰树……"

　　因为，主啊，你是这个人和那个人的共同尺度。你是不同行为的基本纽结。

圣埃克苏佩里年表

1900 年

6 月 29 日晨　生于里昂。祖父费尔南·德·圣埃克苏佩里，伯爵，祖籍里摩日，家谱可追溯到 1325 年。费尔南在第二帝国时期（1848 ～ 1871）曾任专区区长，退休后创办一家保险公司。父让·德·圣埃克苏佩里，在祖父任区长时出生。成年后在其父的保险公司工作。母玛丽·德·封斯科隆勃。安东尼有两姐一妹一弟。

1904 年

父亲在岳父家附近小车站突然脑溢血，不治身亡。此后，守寡的母亲和五个孩子生活在里昂，逢年过节则到亲戚德·特里科伯爵夫人的圣莫里斯·德·莱芒城堡和外公的拉摩尔城堡度假。

1908 年

进里昂圣巴托罗缪一家教会学校进预备班。

1909 年

10 月　转入父亲曾就学的芒市耶稣会圣十字架圣母学校。

1911 年

5 月 25 日　在学校初领圣体。学至 1914 年。

1912 年

7 月　暑假，在安省安勃里安机场，被一名飞行员抱上飞机接受空中洗礼。

1914 年

在圣十字架圣母学校编一份班级刊物《三年级回声报》。他的作文《帽子历险记》获全校当年最佳作文奖。正当他们在圣莫里斯·德·莱芒度假时，第一次世界大战爆发，圣埃克苏佩里夫人决定不回芒市，在安勃里安车站设立一家照料伤兵的卫生站，并亲自管理。

1915 年

11 月　安东尼和弟弟到瑞士弗里堡一家用现代教学法的中学上课。进入热爱读书的少年时代，阅读巴尔扎克、波特莱尔、陀思妥耶夫斯基。写十二音节短诗（至今还保存在全集中），也写短剧。

1916 年

在弗里堡的中学成绩平平，但是在哲学、物理化学、音乐和剑术课上屡获表扬。

1917 年

6 月　获中学毕业文凭。

7 月 10 日　弟弟弗朗索瓦得病逝世。

10 月　到巴黎准备投考海军学校。他进专业数学班学习。同时没有偏废文学。他结识了亨利·德·塞戈涅、亨利·德·维尔莫兰、贝特朗·德·索西纳。也得到母亲的表亲伊凤·德·莱斯特朗杰的接待，她介绍他遇到《新法兰西杂志》社的安德烈·纪德、让·普雷沃斯特、马克·阿莱格雷。又由姑妈阿那依斯·德·圣埃克苏佩里引见，到比利时王室成员德·旺多姆公爵夫人家做客。

1919 年

1 月　进入苏杜神父主持的波舒埃中学。

7 月　德·特里科夫人逝世，把圣莫里斯城堡遗赠给圣埃克苏佩里的母亲。

10 月　作为旁听生进入美术学校读建筑学。当时欣赏阿尔贝·萨曼的《金车》和亨利·巴塔耶的《疯狂的处女》。尽管有家庭的资助，生活拮据。服兵役使他摆脱经济困难。

1921 年

4 月　编入斯特拉斯堡第二航空大队，担任机械师。他不满意这项工作，立志要当飞行员，业余进修飞行课程，不久获得民航驾驶执照。

6 月　与教练官一起，初次驾驶飞机升空。

7 月　在着陆时，第一次遭遇严重事故，幸好身上无大伤。

8 月　调遣至卡萨布兰卡第三十七航空大队。在那里结识了许多朋友。

12 月　获空军飞行员驾驶执照。后来又通过后备役军校士官生考试。

1922 年

2 月　授下士职称。喜读让·吉罗杜和让·科克托的作品。

10 月　授后备役少尉。转入布尔歇第三十四航空大队。

1923 年

在布尔歇驾驶一架 HD-14 飞机时失事。头颅骨折，被处分停飞十五日。

6 月　兵役期结束以后，安东尼想加入空军，但是遭到未婚妻路易丝·德·维尔莫兰的家庭反对而作罢。无可奈何进入一家企业公司当监理。秋天与未婚妻解除婚约。其时向《新法兰西杂志》投稿。

1924 年

年初　在库布莱镇作为后备役军人。

3月 进入索莱汽车公司工作。有机会就回巴黎在布尔杰机场和奥利机场驾驶飞机。欣赏卓别林影片《朝圣者》和蒙泰朗《凡尔登死亡者的哀歌》。

1925 年

创作短篇小说《舞姬曼侬》，未出版。国家档案局还保存他的 10 页诗稿《告别诗集》，其中五首有他本人画的插图。

1926 年

1月15日 晋升为后备役中尉（他以后从未有机会完成服役）。

4月1日 在普雷沃斯特主编的《银船》杂志发表《航空员》，这是他的佚稿《雅克·贝尔尼的消失》一文中的片断。后又据此写成《南方邮航》。春天，离开索莱汽车公司，在苏杜神父和爱德华·巴雷斯将军的荐引下进入法国航运公司。

7月5日 获公共运输飞行员执照。

10月11日 又经苏杜神父介绍，进入航空企业总公司，俗称拉泰科艾尔公司，第二年又改成邮政航空公司。派至图卢兹，在开发部经理迪迪埃·多拉手下任职。当了几个月机械师后获得一个飞行员职位。

1927 年

跟当时著名的航线开拓者一起工作，如瓦歇、梅尔莫兹、艾蒂安、吉约梅、莱克里文。他飞图卢兹—卡萨布兰卡一段航线。

10月19日　被任命为非洲撒哈拉沙漠中的朱比角中途站站长。开始写《南方邮航》。

3月1日　每周驾驶邮政机飞往南美洲。

4月16日　首次夜航，从里约热内卢飞往布宜诺斯艾利斯。

1929 年

从非洲回法国，拜访伽里玛出版社社长加斯东·伽里玛，签订《南方邮航》出版合同时，伽里玛向他预约七部小说。到布列斯特进修海军部高等空中航运课程。获结业文凭，据夏桑将军的回忆，他的成绩十分勉强。里昂博物馆收藏他母亲的绘画作品使他感到自豪。

7月14日　布宜诺斯艾利斯—门多萨—圣地亚哥（智利）航线开通，圣埃克苏佩里调至南美洲工作。

10月12日　抵达布宜诺斯艾利斯后，在多拉领导下，与梅尔莫兹和吉约梅共同开拓了南美洲大陆上几条航线。任命为阿根廷邮航公司（法国邮航总公司的分公司）经理，负责开拓巴塔戈尼亚航线，从里瓦达维亚海军准将城（阿）—阿雷纳斯角（智）。伽里玛出版社出版了他的《南方邮航》。接着开始写《夜航》。

1930 年

整年在阿根廷度过。

4 月 7 日　对民航作出的贡献，使他荣获荣誉团骑士称号。

6 月 13 ～ 18 日　驾机寻找在安第斯山失踪的吉约梅。

9 月　经本杰明·克莱米欧介绍，认识了萨尔瓦多裔阿根廷人康素罗·桑星，不久两人订婚。

10 月　阿根廷爆发革命，康素罗先于未婚夫前往法国。

1931 年

1 月　母亲到布宜诺斯艾利斯。

2 月　圣埃克苏佩里获两月假期，随母亲回到巴黎。

3 月　法国邮航公司发生大股东波依乌-拉封财政丑闻，引起公司财产变卖。总经理和多拉都辞了，圣埃克苏佩里决定不回阿根廷。

3 ～ 4 月　度假期间，在德·莱斯特朗杰夫人和纪德面前朗读《夜航》手稿，纪德主动提出愿为该书作序。

4 月 12 日　与康素罗在妹夫的阿盖城堡举行宗教婚礼。

4 月 22 日　与康素罗在尼斯举行世俗婚礼。

5 ～ 12 月　作为夜航飞行员负责卡萨布兰卡—艾蒂安港航线。

12 月 4 日　《夜航》获费米娜文学奖。很快译成英语和德语。后在 1933 年米高梅电影公司把小说改编成电影脚本，由约翰·巴里摩尔、克拉克·盖博主演。由于没有工作，经济日益拮据。

1932 年

为了维持家庭开支,圣埃克苏佩里回法国邮航公司工作,驾驶水上飞机往来于马赛和阿尔及尔。

8 月底～9 月底 在蓬蒂尼参加由保尔·德雅尔丹组织的专题研讨会《世代、社会阶级、国家之间的价值传递》,遇见让·索伦伯格、马丁·杜加、雅娜·伽里玛、安德烈·马尔罗夫妇和拉蒙·费南特兹夫妇。调至卡萨布兰卡工作,飞卡萨布兰卡—达喀尔航线。

10 月 26 日 在加斯东·伽里玛创办的《玛丽亚娜》创刊号上发表《一号线飞行员》,歌颂邮航与多拉的光荣事迹。以后又发表《巴塔戈尼亚的中途站》、《阿根廷公主》。《阿根廷公主》修改后收入《人的大地》。为何塞·勒布歇《约瑟夫–玛丽·勒勃里克斯的命运》作序。勒勃里克斯是在空难中悲惨死亡的飞行员。

1933 年

1 月 16 日 梅尔莫兹创造首次飞渡南大西洋的航行纪录。

1 月 25 日 发表《梅尔莫兹》。

5 月 17 日 发表《巴克,摩尔奴隶》,后收入《人的大地》。

8 月 30 日 几家航空公司合并,其中包括邮航公司,组成今日的法国航空公司。圣埃克苏佩里没有能够进入法国航空公司，他为拉泰科艾尔公司试飞水上飞机。据马尔罗回忆，他曾邀请圣埃克苏佩里作为飞行员加入他们前往阿拉伯半岛，寻找萨巴王国的遗迹，但遭到他婉谢。

12 月 21 日　驾驶水上飞机出事，差点淹死在圣拉斐尔湾。

1934 年

4 月 26 日　回到巴黎，进入法国航空公司，可能由于飞行队没有空额，他被安排在宣传科工作。在法国和国外多次举行讲座。

7 月 24 日　为法国航空公司每月定期飞越南大西洋。

8 月 12 日　应约把《南方邮航》改编为电影脚本。美国影片《夜航》在巴黎上映。

12 月 15 日　申请第一份技术专利（着陆装置）。其后共申请了十三项技术专利。

那年主要作品：

1 月 24 日　《翡翠号的末日》，谈他的两名同事的死亡事故。

2 月 28 日　为莫里斯·波尔德《航空的崇高与卑微》作序。

1935 年

4 月 25 日　作为《巴黎晚报》特派记者抵达莫斯科做报

道，历时一月。

5～6月　《不妥协者》报总编勒内·德朗杰和让·吕卡介绍他认识莱翁·维尔特，两人成为知己，圣埃克苏佩里后来写《小王子》就是献给他的。维尔特介绍他认识当时欧洲知名左翼人物，如维克多·塞尔日、亨利·让松。

11月　在地中海沿岸几个国家作巡回讲座，去了卡萨布兰卡、阿尔及尔、突尼斯、的黎波里、班加西、开罗、亚历山大、大马士革、贝鲁特、伊斯坦布尔和雅典。《安娜-玛丽》搬上银幕。

12月29日　购置一架西姆飞机，带上机械师安德烈·普雷沃，从巴黎布尔杰机场起飞，企图打破巴黎—西贡飞行记录。30～31日夜里，飞机坠毁在利比亚沙漠。这段记事载于他写的《人的大地》。

1936年

1月　与普雷沃在沙漠中被困四天后，得到一支骆驼队相救，被送至开罗。

1月10日　法国作家兼飞行员约瑟夫·凯塞尔发表《圣埃克苏佩里画像》。

7月17日　西班牙开始内战。

8月　被《不妥协者》报派往加泰罗尼亚前线当战地记者。

10月　参加在摩洛哥摩加多尔拍摄的《南方邮航》部分工作。

12月7日　"南方十字架"号飞机失事坠落海中，梅尔莫兹和机组人员全部罹难。

1937 年

2月　为法国航空公司开拓一条新航路：卡萨布兰卡—廷巴克图—巴马科—达喀尔。

6月9日　晋升为后备役上尉。

4～7月　第二次去西班牙。这次受《法兰西晚报》的派遣，前赴卡拉万切尔前线进行报道。下榻马德里佛罗里达酒店，结识了海明威、多斯、帕索斯、亨利·乔逊。完成《要塞》一书的最初部分。

1938 年

1月　个人生活遇到极大的困难。第一次前往美国。

2月　与普雷沃一起，驾驶西姆飞机，试图创纽约—火地岛的飞行纪录。飞机坠毁在危地马拉，身受重伤，险些丧命。

3月　几天昏迷不醒后，送至美国继续治疗。在家人和他自己的坚持下，没有接受医生截肢的建议。疗养期间，不忘写作，开始写《人的大地》。经让·普雷沃斯特介绍，认识纽约希区柯克出版社的负责人寇蒂斯·希区柯克。

春季回到法国，与家人团聚一段时期。为安娜·莫罗·林白《听，起风了》一书作序。

7月　与康素罗约定，分居一段时期。

9月　在维希疗养。30 日慕尼黑协定签订。

1939 年

1月　晋升为荣誉团军官。

2月 16 日　《人的大地》在法、美两国同时出版。在美国书名为《风沙星辰》，列为"本月书籍"，成了畅销书。同年 12 月 14 日又获法兰西学院小说大奖。

3月　坐汽车前往德国，15 日中止旅行。复活节拜访莱翁·维尔特，两人随后前去 250 公里外的夏尔·萨莱家，亨利·德·塞戈涅也来聚会，这晚是他生平第一次与三位知己团聚一起，感到无比幸福。

7月 7 日　与吉约梅同赴美国。吉约梅驾驶一架豪华的水上飞机，试图首次飞渡北大西洋。

8月 16 日　发表《飞行员与自然力量》，原本要收入《人的大地》，因时间匆忙版面已排而作罢。

8月 26 日　欧洲战云密布。仓促回到法国，30 日抵勒阿弗尔。

9月 3 日　法国和英国向德国宣战。

9月 4 日　在图卢兹收到动员令，圣埃克苏佩里上尉编入技术教育部门，向飞行员授课。

11月 3 日　尽管健康情况不佳，他再三要求，编入空军侦察部门第三十三联队第二大队。驻扎在奥尔贡特。那一年冬季，虽是不战不和的"奇怪的战争"期间，飞行侦察任务愈来愈危险。

12月25日　与母亲和其他一些亲戚难得共度圣诞节。

1940年

1月19日　在德国军队的进攻下，法军节节败退，他所在的空军部队连续撤至苏瓦松、布尔歇、奥利、南吉、夏佩勒·旺多莫瓦兹、夏托鲁、波尔多，直至6月20日退至佩皮尼昂。

4月　写信给母亲，求她照顾他已无力顾及的可怜的"小康素罗"。

5月16日　向参议院议长保尔·雷诺提出他到美国向罗斯福总统求援。但这条建议没有被采纳。

5月23日　在阿拉斯上空侦察，成为他后来创作《空军飞行员》一书的主题。

5月28日　比利时投降。

6月2日　获空军棕榈叶十字勋章。

6月10日　法国开始大撤退。

6月16日　贝当元帅要求停战。

6月18日　戴高乐将军在伦敦发表继续抗战号召书。

6月20日　随同第三十三联队第二大队军官撤至阿尔及尔。

6月22日　法国与德国签订停战协定。

7月11日　圣埃克苏佩里复员。

8 月初　回到法国，消沉失望，住在阿盖城堡，继续写《要塞》。

10 月　到维希申请赴美签证，又回巴黎。跟维尔特见面两天，向他提起《要塞》的开头部分。最后在马赛跟吉约梅见面。这也是他们最后的相聚。

11 月 5 日　又去阿尔及尔，然后陪同尚布将军到摩洛哥。又从丹吉尔到葡萄牙，想借道西班牙，但因内战时期写过反佛朗哥的报道，被佛朗哥政府拒签。

11 月 16 日　抵达里斯本。

11 月 27 日　获知吉约梅在地中海上空遇难。

12 月 31 日　与法国电影导演让·雷诺阿同船抵达纽约。

1941 年

1 月　住在纽约中央公园附近。流亡美国的法国人的派系斗争非常激烈，简直不共戴天，使他大为痛苦。哲学教授莱翁·温斯里乌斯跟他结识。

1 月 31 日　维希政府让他担任民族委员会成员，圣埃克苏佩里在《纽约时报》发表声明表示拒绝。写《空军飞行员》与《小王子》。

2 月初　写给安德烈·布勒东的信。

4 月 19 日　戴高乐将军从布拉柴维尔给勒内·伯勒万和佩蒂将军的信中提出这个问题："不能把圣埃克苏佩里争取过来吗?"圣埃克苏佩里持保留态度。

6月22日　德国向苏联宣战。

6月　在洛杉矶第一次遇见空气动力学理论家泰奥多尔·卡尔曼教授。春夏期间做了一次外科手术，住在加利福尼亚，跟让·雷诺阿和法裔影星阿娜贝拉（美国影星泰伦·鲍华的妻子）屡有往来。研究空气动力学。出院后住在皮埃尔·拉扎莱夫家。

1942 年

年初，康素罗从法国来到纽约。

2月　在纽约发表《空军飞行员》(英文版书名为《飞往阿拉斯》)，由贝尔纳·拉莫特插图。

4～5月　在加拿大做讲座。

7月　要求他的小说译者刘易斯·加朗蒂埃尔向美国参谋部递交一份北非登陆计划。夏天，在长岛住了一段时期。写《小王子》，并由自己作插图。

11月8日　同盟国在北非登陆。

11月11日　德军占领法国自由区。

11月27日　土伦港法国舰队为了不让德国染指，自行凿沉壮烈反抗。伽里玛出版社出版《空军飞行员》。

11月29日　在《纽约时报杂志》发表《致各地法国人的一封公开信》。此文最初于11月10日在蒙特利尔《加拿大》刊物上发表。圣埃克苏佩里夫妇回到纽约，住入原先属于葛丽泰·嘉宝的一幢房子。

12月　《空军飞行员》被维希政府列为禁书。

12月24日　海军上将达朗在阿尔及尔遭暗杀。吉罗将军任高级专员。

1943年

3月　走遍纽约寻找一套法国空军军服。在蒙特利尔发表《给朋友的信》，后成为《给一个人质的信》的第一部分。

4月6日　雷那尔—希区柯克出版社出版《小王子》。

4月20日　在纽约港口上船，离开美国前去阿尔及尔。

5月4日　抵达阿尔及尔。住在朋友乔治·贝利西埃大夫家。遇见纪德，阅读亨利·米肖。

5月～6月初　在艾格瓦特（阿尔及利亚）进行飞行培训，然后到乌季达（摩洛哥）向第三十三联队第二大队报到。这支空军队伍现由美国人指挥，装备最新式的P38飞机。

6月3日　在纽约出版《给一个人质的信》。

6月19日　获高空飞行证书。25日晋升为少校。

7月10日　同盟国在西西里岛登陆。

7月21日　从突尼斯城附近马萨机场起飞，进行他的第一次军事侦察任务。他拍摄罗纳河谷和普罗旺斯，也飞过阿盖城堡，当时他的母亲与妹妹正住在那里。

8月1日　第二次任务执行归来，他着陆时间较长。

8月12日　出现上一次事故症候后，指挥官提醒他说驾驶P38飞机的最大年龄为35岁。他实际已超龄八年。退入预备役。意志消沉，健康也恶化，住在阿尔及尔的贝利西埃医生家。

10月　戴高乐在阿尔及尔发表演说，提到法国著名作家时，不提安德烈·莫洛亚、圣-约翰·佩尔斯和圣埃克苏佩里。继续写《要塞》，同时研究空气动力学。

11月5日　在贝利西埃医生家跌跤。健康不佳，精神颓丧。

12月　里昂出现私印的《空军飞行员》。

1944 年

2月　在阿尔及利发表《给一个人质的信》。夏桑上校支持他，获得同盟国驻地中海地区空军司令员美国艾拉·埃克将军的特批，回到驻扎在撒丁岛阿尔盖罗的第三十三联队第二大队基地，但是只允许完成五次任务。

4月9日　戴高乐接替吉罗，成为战斗法国三军总司令。

5月16日　重新开始侦察飞行，但遇到各种技术困难和健康问题。

6月4日　同盟国进入罗马。

6月6日　驾驶飞机的左发动机起火，在诺曼底降落。

6月15日　执行任务时，氧气器出故障。

6月29日　飞机发动机故障，低空飞行，从意大利回到科西嘉岛巴斯蒂亚着陆。从冲洗的照片来看他，竟在不知不觉中飞越了德军军事基地上空而没有遭到截击。

7月17日　第三十三联队第二大队调防至科西嘉岛博尔戈。

7月31日　奉命前往格勒诺布尔—安贝里安—阿讷西地区进行五月份以来的第十次任务。从此踪影消失。此后五十多年中也没有找到飞机残骸与尸骨。

8月15日　同盟国在普罗旺斯登陆。

11月3日　圣埃克苏佩里受军队表扬。

1944 年后

1945 年

7月31日　在斯特拉斯堡大教堂举行全国追思悼念会。

1948 年

3月1日　伽里玛出版公司出版《要塞》。

1953 年

《青年书信》(1923 ~ 1931) 出版。

1955 年

吕奇·达拉比科拉根据小说《夜航》改编的歌剧，由汉堡歌剧团在香榭丽舍剧院演出。歌剧脚本完成于1940年佛罗伦萨。

《给母亲的信》出版。

1956 年
《给生命一个意义》出版。

1965 年
巴黎先贤祠内竖立圣埃克苏佩里纪念铜牌。

1982 年
《战时文章》出版。

1983 年
国家档案馆举办"安东尼·德·圣埃克苏佩里"展览会。

2000 年
圣埃克苏佩里百年诞辰纪念，里昂机场改名为圣埃克苏佩里机场。